지리산문학관
문창궁

지리산문학관
문창궁

김윤숭 시집

책만드는집

| 차례 |

8 · 시인의 말

1부   고운음 22수

2부　　　　문창음 25수

3부　천령음 21수

4부   국토음 20수

2015년 2월 1일부터 2016년 6월 8일까지 세상 사는 길 알아주는 이 없는 고운의 심정으로 3장 6구 12소절의 시조, 정형시, 삼장시로 읊조린 88수의 시조를 모아 '고운음' '문창음' '천령음' '국토음' 4음으로 나누어 엮다. 2016년 6월에 출판 의뢰하고 2017년까지 1년 반을 묵혀두었다가 2018년 초에 새로 엮어내다.

시조는 글로벌을 지향하는 민족의 전통시요 정형시로 삼장시이다. 삼장의 단시조가 시조의 기본이다. 단시조의 정형성을 한눈에 알아보기 쉽게 1면에 1수씩 배열하여 정형성이 눈에 확 띄게 강조하였다. 짧은 글 속에 이상향 고운의 세계와 함양과 전국의 고운 자취, 그중에서도 대臺를 위주하고 고향 함양, 언양, 복양의 삼양에 국토 사랑의 정신을 노래하였다. 특히 고운 사랑의 마음으로 고운 발자취를 되짚어보는 고운 사랑 시조는 매번 관련 사료를 찾아보는 번거로움을 덜기 위하여 원문을 찾아 실어 최치원 자료집의 구실도 하게 하였다.

시는 뜻을 말한 것이고 노래는 말을 길게 한 것이다. 말만 길게 하면 노래가 되는가. 뜻만 말하면 시가 되는가. 노래는 가락이 맞

아야 하고 시는 심상이 좋아야 한다.

잘 지은 시는 청량음료이다. 산뜻한 비유와 참신한 이미지는 목마른 사람을 상쾌하고 청량감을 느끼게 하는 청량음료 시이다. 그러나 때론 청량음료보다 시원한 생수가 더 갈증을 풀어주고 속을 시원하게 해주는 법이다. 잘 지은 시, 감동을 주는 시, 울림이 있는 시, 재미있는 시, 할 말을 하는 시, 가르침을 주는 시 등이 고루 요구된다.

서양의 시는 서정시, 서사시(영사시), 극시가 3대 장르이나 동양의 시는 서정시, 서사시(영사시), 교술시(설리시)가 3대 장르이다. 당나라의 한시는 서정시이나 송나라의 한시는 설리시, 교술시이다. 교술은 서정성이 부족하여 문학으로 안 치기도 하나 엄연히 문학 창작이다.

심상이 멋있는 서정시조, 서사시조는 소수정예, 뜻을 말하는 교술시조는 다다익선, 교술시조로서의 단시조 88수를 4음으로 묶어 전부 1장 4소절, 4소절을 4행으로, 12행을 3연으로, 3연 3장, 3장 1수 1면으로 엮은 정형시집, 삼장시집, 시조집을 『지리산문학관 문창궁』이라 명명하다.

문창이니 고운이니 하는 인물은 문창후 고운 최치원 선생을 가리킨다. 한국은 문창후 고운 최치원 선생을 문묘와 서원에 모시고 있다. 한국은 인물을 높일 줄 모른다. 문창후가 중국에 눌러살았다면 이미 도교 사원의 관성대제처럼 문창대제로 추존되어 문창궁에서 향화를 받으며 널리 신앙되고 있을 것이다.

왜 지금 고운인가. 중국 여행객 천만 명 시대의 아이콘, 중국 조기 유학, 인십기백의 면학 정신, 외국인 임용, 산삼 외교, 중국·한국 교차 사신, 외교문서 작성 등의 국제 교류, 한중 교류의 상징이기도 하지만, 팔도에 발길 닿지 않는 곳이 없을 만큼 국토 사랑 정신이 강하기도 하고, 옛 함양군 천령군 태수를 지내어 함양의 역사 인물이기도 하고, 신라를 동국, 중국을 서국으로 표현한 동서 주체 의식, 다양성, 다원화, 다문화시대의 선구자, 삼교합일 정신의 종교 평화 정신 구현자이므로 존경할 만하기 때문이다.

시조창은 음악이요, 시조는 문학이다. 、ㅡㅣ 하늘 땅 사람, 초성 중성 종성의 한글 원리에 천지인을 상징하는 삼재사상의, 초장 중장 종장의 삼장시, 민족 전통의, 세계 현대의 정형시가 시조이다.

시조도 시이므로 시조는 시 잘 짓는 시인이 지어야 한다고 한다. 그것만 강조해선 안 된다. 국민 모두가 지어야 한다. 시조는 국민시가 되어야 한다. 국민이 감상만 하는 시가 아니라 국민이 잘 짓든 못 짓든 즐겨 짓는 국민 창작시 시조가 되어야 한다. 이 시집은 그 국민 창작 시집이다.

지리산문학관 병설 사봉시조기념관의 주인공 사봉 장순하 시조시인의 시사경시조 운동처럼 국민 누구나 생활시조, 국민시조로 짓도록 격려해야 한다. 시인의 시조만이 아닌 사회인의 시조를 많이 짓도록 해야 한다. 시답든 시답지 않든 국민과 사회인의 한 사람으로서 열심히 시조를 즐겨 지을 것이다.

- 2022년 2월 1일 아내 최은아 박사의 60번째 생일에
결혼 35번째 날을 기념하며
지리산문학관장 김윤숭 백

1

고운음 22수

고운님

함양 상림
숲 가꾸고
신선 되어
떠난 님

청학 타고
벽소령 넘어
청학동에
오락가락

가로내
물결에 비친
청학 그림자
어른어른

2005년 9월 11일 揚州市 唐城博物館 崔致遠紀念館에서

고운기념관

계수나무
가지 꺾어
계피 동산
뛰놀고

상림 숲
궁전 한 채
문장 천자
깃들고

만고의
주옥 시문집
계화 향이
그윽하고

※ 주옥 시문집은 『계원필경집』이다.

楓石全集 金華知非集卷第三 冽上徐有榘準平〈校印桂苑筆耕集序〉

桂苑筆耕集二十卷。新羅孤雲崔公在唐淮南幕府時。公私應酬之作。而東還之後。手編表進于朝者也。公名致遠字海夫。孤雲其號也。湖南之沃溝人。幼穎慧絶倫。年十二從商舶入中原。十八擧進士第。久之調溧水縣尉。任滿而罷。時値黃巢之亂。諸道行營都統高駢開府淮南。辟公爲都統巡官。凡表狀文告。皆出公手。其討黃巢檄。天下傳誦。奏除殿中侍御史。賜緋魚帒。後四年充國信使東歸。事憲康王定康王爲翰林學士兵部侍郞。出爲武城太守。眞聖時挈家入江陽郡伽倻山以終焉。葬在湖西之鴻山。或謂公羽化者妄也。夫以海隅偏壤之産。而弱齡北學。取科宦如拾芥。終以文章鳴一世。同時賓貢之流莫之或先。豈不誠豪傑之士哉。若其居幕數載。知高駢之不足有爲。呂用之諸葛殷等之誕妄必敗。超然引去。去三年而淮南亂作。則又有似乎知幾明哲之君子。其人與文。要之可傳不可泯者也。據進表。是集之外。復有今體賦一卷今體詩一卷雜詩賦一卷中山覆匱集五卷。唐藝文志則稱桂苑筆耕二十卷文集三十卷。而他皆不傳。惟是集屢經鋟印。板刻舊佚。搨本亦絶罕。癸巳秋。余按察湖南。巡到武城。謁公書院。裵徊乎石龜流觴臺之間。俛仰遺躅。有餘嘅焉。會淵泉洪公以是集寄曰此近千年不絶如綫之文獻耳。子其無流通古書之思乎。余如獲拱璧。懼其愈遠而愈佚也。亟加證校。用聚珍字擺印。分藏諸泰山縣之武

城書院, 陝州之伽倻寺。嗟乎。名醴之坊。必題杜康。良劍之
鍔。必標歐冶。爲其不忘本始也。我東詩文集之秪今傳者。不得
不以是集爲開山鼻祖。是亦東方藝苑之本始也。庸詎可一任其
銷沈殘滅而不之圖哉。東還後著作。散逸無傳。惟有梵宮祠墓
之間。披林藪剔苔蘚。尙可得十數篇。彙附原集。剞劂壽傳。余
竊有志而未逞云。按史稱中和二年正月。王鐸代高駢爲諸道行
營都統。五月加高駢侍中。罷塩鐵轉運使。駢旣失兵柄。復解利
權。攘袂大詬。上表自訴。言辭不遜。上命鄭畋草詔切責之。今
考集中有謝加侍中表。巽辭引咎而已。無一語激憤勃譏。又有
謝賜宣慰表云仰睹綸音。深嘉師徒輯睦。黎庶安寧。其假借慰
獎也。若是之懇摯。史所謂草詔切責者。無乃非當時實錄也
歟。又按中和紀年止於四年。而公進表年月。系以中和六年。蓋
公以中和四年十月浮海。翌年春始抵國。又翌年編進是集。而
前一年之改元光啓。容或未聞知也。

※ 淵泉先生文集卷之十九 豊山 洪奭周成伯 著 / 桂苑筆畊後序
記有之曰。酒醴之美。而玄酒明水之尙。貴五味之本也。黼黻文繡
之美。而疏布之尙。反女功之始也。古之君子。必重其本始如此。吾
東方之文章。能著書傳後者。自孤雲崔公始。吾東方之士。北學于
中國。而以文聲天下者。亦自崔公始。崔公之文傳于後者。唯桂苑
筆畊與中山覆簣集二部。是二書者。亦吾東方文章之本始也。吾東
方以文爲尙。至我 朝。益煥以融。家燕許而戶曹劉。以詩若文成集
者。無慮充棟宇矣。而顧鮮有知崔公之書者。余嘗見近代所撰東國
書目。有載中山覆簣集者。徧求之。終不可得。唯桂苑筆畊二十

16

卷。爲吾家先世舊藏。自童幼時知珍而玩之。然間以語人。雖博雅
能文而好古者。亦皆言未曾見。然則是書也幾乎絶矣。使是書不行
于東方。是玄酒不設于太室。而疏布不冪于犧樽也。豈所以敎民不
忘本哉。世所謂公文皆駢儷四六。殊不類古作者。公之入中國。在
唐懿僖之際。中國之文。方專事駢儷。風會所趨。固有不得而免
者。然觀公所爲辭。迬迬多華而不浮。如檄黄巢一篇。氣勁意直。絶
不以雕鏤爲工。至其詩。平易近雅。尤非晚唐人所可及。是盖以明
水疏布之質。而兼有乎酒醴黼黻之美者。豈不彌可珍哉。公在中
國。取科弟。入軍府。亦旣已聲施當時矣。而一朝去之如脫屣。及歸
東方。躋翰苑貳兵部。以至阿湌。阿湌者。新羅大官。其顯用方未已
也。而顧又自放於山林寂寞之濱。以終老其身而不悔。盖度其時之
皆不可有爲也。士君子立身蹈道。莫有大乎出處之際。出處而不失
其時。非賢者不能也。賢者之作。固不可使其無傳。況其文傑然如
彼。而又爲東國文章之本始者哉。湖南觀察使徐公準平。卽余所稱
博雅能文而好古者也。聞余蓄是書。亟取而校之。捐其俸。搨以活
字。得數十百本。用廣其傳曰。不可使是書。絶于東國也。嗚呼。不
忘本始。敎民厚也。表章賢人。勸民善也。徐公之用心也如此。其所
以爲政於湖南者。亦可知已。役旣完。徐公屬余曰。子實傳是書。今
不可以靳一言。余辭不能得。若崔公之蹟行本末。與是書之可備考
證者。徐公之序旣詳之矣。余無所復贅云。

계원필경집

중국에서
벼슬한
젊은 10년
뱉은 구슬

한국인의
첫째 문집
동국 문학의
샘이다

중화국
감동시킨 글
천년만년
향기롭다

※ 桂苑筆耕序

淮南入本國兼送詔書等使前都統巡官承務郎侍御史內供奉
賜紫金魚袋臣崔致遠進所著雜詩賦及表奏集二十八卷具錄
如後

私試今體賦五首一卷
五言七言今體詩共一百首一卷
雜詩賦共三十首一卷
中山覆簀集一部五卷
桂苑筆耕集一部二十卷

右臣自年十二。離家西泛。當乘桴之際。亡父誡之曰。十年
不第進士。則勿謂吾兒。吾亦不謂有兒。往矣勤哉。無墮乃
力。臣佩服嚴訓。不敢弭忘。懸刺無遑。冀諧養志。實得人百之
己千之。觀光六年。金名榜尾。此時諷詠情性。寓物名篇。曰賦
曰詩。幾溢箱篋。但以童子篆刻。壯夫所慙。及忝得魚。皆爲棄
物。尋以浪跡東都。筆作飯囊。遂有賦五首詩一百首。雜詩賦
三十首。共成三篇。爾後調授宣州溧水縣尉。祿厚官閒。飽食
終日。仕優則學。免擲寸陰。公私所爲。有集五卷。益勵爲山之
志。爰標覆簀之名。地號中山。遂冠其首。及罷微秩。從職淮
南。蒙高侍中專委筆硯。軍書輻至。竭力抵當。四年用心。萬有
餘首。然淘之汰之。十無一二。敢比披沙見寶。粗勝毀瓦畫
墁。遂勒成桂苑集二十卷。臣適當亂離。寓食戎幕。所謂餬於

19

是粥於是。輒以筆耕爲目。仍以王韶之語。前事可憑。雖則僞
傻言歸。有慙鳲雀。旣墾旣耨。用破情田。自惜微勞。冀達聖
鑑。其詩賦表狀等集二十八卷。隨狀奉進。謹進。

中和六年正月日。前都統巡官承務郞侍御史內供奉賜紫金魚
袋臣崔致遠。狀奏。

桂苑筆耕集一部二十卷

都統巡官侍御史內供奉崔致遠。撰。

※『오주연문장전산고』「경사편」5-논사류 2 / 인물人物-한국
/ 최 문창崔文昌의 사적에 대한 변증설(고전간행회본 권 49)

본집本集은 장서가藏書家가 모두 실전失傳되었다고 하므로 선배
들이 이를 애석하게 여겨오다가 계사년 순조純祖 33년(1833)이니,
곧 청 선종淸宣宗 도광道光 13년이다. 오비五費 서 상서徐尚書 이름
은 유구有榘가 원천源泉 홍 상공洪相公 이름은 석주奭周의 소장본所
藏本을 빌렸으니, 곧 영안도위永安都尉 이름은 주원柱元으로부터 전
수해오던 것이다. 실전된 글이 다시 나오게 되자 서공徐公은 다시
없어질까 염려하여 호남관찰사湖南觀察使로 있을 때 나에게 교정校
正을 위촉하고 발간發刊을 감독하여 1백 부를 인쇄한바 모두 4책
冊으로 되었는데, 취진자聚珍字(목활자木活字를 말함)로 인쇄하였기
때문에 그 원판은 전해지지 않는다. 아무튼 이 공사가 갑오년
(1834) 2월에 시작되어 그해 9월에 준공되었는데, 인쇄와 발행 과
정에 있어 나의 조력助力도 없지 않았다. 공이 간 지 천여 년 만에
하마터면 없어질 뻔한 이 글을 다시 몇천 년까지 전하게 되었으니

전현前賢을 숭모하고 후학後學을 이롭게 한 오비공五費公의 뜻이 어찌 아름답지 않은가.

※ 三國史記 卷 第四十六 列傳 第六 (强首 崔致遠 薛聰)
又與同年顧雲友善 將歸
顧雲以詩送別 略曰

我聞海上三金鼇

金鼇頭戴山高高

山之上兮珠宮貝闕黃金殿

山之下兮千里萬里之洪濤

傍邊一點鷄林碧

鼇山孕秀生奇特

十二乘船渡海來

文章感動中華國

十八橫行戰詞苑

一箭射破金門策

※ 東國李相國全集卷第二十二 / 雜文 唐書不立崔致遠列傳議

及將還本國。同年顧雲贈儒仙歌。其略曰。十二乘船過海來。文章感動中華國。其迹章章如此。

고운 선생 문집

퇴계의
말 한마디
벼락보다
무섭다

입맛에
맞추려다
음식만
버리다

시대는
사상의 자유화
다양화로
바뀌다

※ 최치원 선생의 『고운집』이나 조식 선생의 『남명집』은 퇴계의 불교 아부, 노장 편향 비판을 의식하여 구한말에 문집 개편 작업을 펼쳐 성리학적으로 순화된 문집을 만들어냈으나 시대는 이미 통섭 다원의 시대로 나아갔다.

　※ 退溪先生文集卷之三十 書〈答金而精〉

從祀事。儒生等前日輕發而不得。已爲不當。如崔聃齡輩。似已知其不可輕擧。何故今復如此。此事最不可輕者。何也。一擧而後人若有他議。則於其人所關非輕故也。近看東文選。崔孤雲乃全身是佞佛之人。濫廁祀列。彼其神豈敢受享乎。如此則不如初不入之爲有光也。今四賢非有如此之累。然一時四人從祀。恐不免有後議。議得之得失。不暇云云也。晦齋勝靜菴之言。亦毋出也。其學固優於趙。但論其倡道當時。樹風後世。則靜菴爲優。若以李爲優。人心不服。

　※ 退溪先生文集卷之十九 書〈答黃仲擧 戊午〉

成健叔淸隱之致。令人起敬。可惜時人不甚知其高耳。然知不知。何關於隱者事。惟公屢過其門。所得想多也。其所論曹楗仲之爲人。亦正中其實矣。其於義理未透。此等人多是老莊爲祟。用工於吾學。例不深邃。何怪其未透耶。要當取所長耳。

　※ 星湖先生僿說卷之十八 經史門〈崔文昌〉

新羅侍中 崔致遠 當麗太祖之在私邸也 貽書 有鷄林黃葉 鵠嶺靑松之句 顯宗以其密贊祖業 功不可忘 配享先聖廟庭 追封

為文昌侯 夫配享先聖 若但以功而已 則漢之蕭曹 當先之矣 崔
是新羅大臣 已有密贊之志 涉乎悖逆 而為不臣矣 況其言不過
在讖緯圈套 何足尚也 其撰鸞郎碑曰 包含三敎 接化羣生 入則
孝 出則忠 魯司寇之旨也 處無為之事 行不言之敎 周柱史之宗
也 諸惡莫作 諸善奉行 竺乾太子之化也 鸞郎者花郎也 花郎之
鄙媟甚矣 雖有德義之士 豈肯屈扵其間 其見識之卑劣如此 況
並尊老佛 為異端敗敎之首 顧何與扵斯文 而崇奉之至此 退溪
嘗曰 吾見其佞佛之書 未嘗不心痛 彼其神 豈敢安扵兩廡之享
此已有之論 今人 扵退溪 事事尊仰之不暇 而獨不採此言 未知
何也 余嘗有詩云 廣明討亂檄宜草 作書佞佛多愆尤 牝晨昏德
見幾明 為臣外交果何求 鷄林黃葉舊臣哭 鵠嶺王業還堪憂 隆
興密贊語大謬 兩廡血食渠應羞 上書庄前一拍手 文純之論今
悠悠 此足為斷案矣

※ 蓮潭大師林下錄卷之三〈四山碑銘序〉
天以雲漢星斗爲文 地以山川草木爲文 而人之文 六經禮樂是
也 大而性理氣數之說 小而萬物纖悉之事 無不由文而通 故云
文者貫道之器也 昔者 三聖人 並作於姬周之世 雖設敎各異 而
同歸乎大道則一也 三敎後學類 皆各安所習 阿其所好 指馬之
爭 玄黃之戰 窮塵不已 余未嘗不仰屋而嘆 泊乎讀孤雲先生所
爲文 稽首颺言曰 天生我先生 統貫三敎 大哉 蔑以加矣 已傳有
之 金鐸振武 木鐸振文 先生其三敎之木鐸與 然先生既冠儒冠
服 儒服則必以儒敎爲前茅 由其文子 以憲章孔孟也 自高麗從
祀文廟 良以此也 而我朝退陶先生曰 近看東文選 崔孤雲以全

身侫佛之人 濫厠祀例 盖局於守一也 新羅以前 未聞有爲文爲
道者 而先生挺生羅季 十二入唐 尋師力學 十八登第 歷職淸要
高騈討黃巢 辟爲從事 其表章書啓 皆出其手 巢見檄書 不覺下
床 由是名振天下 憲康王時 奉詔東還 欲展西學之所蘊 而爲時
輩所忌 未果 眞聖女主時 疏陳時務 主嘉納之 噫 先生爲東國文
章之首倡 則未必不能性理之學 而遇非其時 依寶而未售可勝
惜哉 盖先生之意欲仕唐也 則宦寺擅于內 藩鎭橫于外 朱梁篡
代之兆已萌 欲仕本國也 則昏主委政 匪人女后 淫瀆亂紀 靑松
黃葉之運已迫 固不可容吾身 而況望其行吾道乎 遂乃尋深山
而友麋鹿 扳薜蘿而弄明月 是豈公之本心也哉 自三國以後 文
章才士 代不乏人 而惟公之名 光前絕後 膾炙人口 以至樵夫竈
婦 皆知誦公之姓名 稱公之文章 其所得於一身者 必有不可得
而名言矣 如其遭淸時遇明君 得用其文 得行其志 則其匡君救
世之術 何曾偭背於周孔之道乎 東文選余亦曾見其所載先生之
文 不過贊佛事與浮屠也 退陶夫子 執此一段而刺之也 先生之
文集有三十卷 桂苑筆耕有二十卷 其中豈無治國安民之術 心
性理氣之論乎 黃巢下床之檄 女主嘉納之疏 可窺一班也 配享
文廟 何濫之有 秪緣先生辭榮居山 博涉大藏 入海籌沙 以明敏
之才 超詣之見 一覽便知天下無二道 聖人無兩心 不滯方隅 不
袒左右 故各隨其敎而弘贊也 昔王子安 撰益州夫子廟碑 盡聖
人之十條 述如來成道記 窮釋迦之八相 先生之文 亦類是矣 今
此四碑撰銘 大浮屠行業 內典外書 雜糅成文 而對偶甚妙 引事
甚廣 無一字 無來歷 其賸膏殘馥 沾丐後人多矣 宜乎桑門之徒
藏弃而雋永也 或以專尙騈儷 體格卑弱 無韓柳之雄渾 詭奇少

之 余曰韓柳之文 優於先生 固是先生之此格 韓柳不若也 今益
上人 傳寫一卷 謁余文題其卷首 余何敢以不潔 汚佛頭 而但退
陶公彈駁之後 無一人扶起者 余故特敷演而申明之 使千載之
下 知先生之志之所在也 其庶幾乎所謂朝暮遇之者歟

※ 孤雲集〈孤雲先生文集重刊序 [盧相稷]〉

世之論新羅者。於山必曰頭流, 伽倻, 淸凉。於水必曰東溟,
東洛。於人必曰文昌崔先生。蓋國之爲國。有名山名川名人。而
後可以擅地靈而彰皇猷也。之三者亦相須而成其美也。得名山
川鍾毓之厚而先生生焉。先生之於名山川。不能無意焉。然非
先生自爲。天爲之也。使先生終有遇於唐。則先生爲唐人而
止。又使有遇於羅。則先生之迹。不暇徧於名山川也。未弱冠
而射策金門。廿三歲而筆挫浙賊。天子賜以魚袋。天下誦其文
章。方是時。世皆知爲唐之孤雲。豈圖復尋其懸弧之國哉。先
生已知幾。不欲居亂邦。乃於銀河列宿之年。作爲奉詔錦還之
人。羅之幸福大矣。然羅。褊邦也。豈能容四海第一人物。疑忌
者漸朋興焉。先生所以再不遇也。雖然。吾不以先生之不遇爲
恨。而悼其遭値之不辰也。唐之興。歷十九帝而碭山之俘虜承
寵。羅之三姓。傳四十九王而菩提之堂斧荇起。淫恣之女弟當
阼。豈先生隻手所能持扶哉。旣不能安於朝廷。則海雲, 臨鏡,
月影。足以紓孤臣憤悑之懷。頭流巖門。示廣濟之志。淸凉碁
板。觀勝敗之數。伽倻流水。聾是非之聲。於是而知先生之不
幸。爲山川之遭遇也。歷年旣久。聲徽頗湮。人但以影響自
揣。以黃葉靑松。謂爲麗王上書。麗之後王。亦謂之密贊祖

26

業。躋之聖廡。若然。洪, 裵, 申, 卜四功臣。當先於先生矣。從
祀。大禮也。非王自專。而羣臣之議有定。至麗祀羅賢。微先
生。無以當之。先生實東方初頭出之文學也。三千里內禮義之
俗。先生實倡發焉。人或以先生文句往往有梵語爲疵。然俗之
所尙。聖人或不免焉。獵較是也。先生豈眞佞佛者哉。先生之
學。以四術六經仁爲本孝爲先爲宗旨。辨沈約孔發其端。釋窮
其致之語則曰。佛語心法。玄之又玄。終類係風影難行捕。限
老佛之爲異道則曰。麟聖依仁乃據德。鹿仙知白能守黑。更迎
佛日辨空色。教門從此分堦城。擯子房從赤松之說則曰。假學
仙有始終。果能白日上升去。止得爲鶴背上幻軀。以此三言而
推之。先生之所願。學孔子也。所棲而與緇流相混者。高遯之
術也。一朝早起。林間遺屨者。示不復生在人間而已。寧有佗
哉。佔畢先生世上但云尸解去。那知馬鬣在空山之句。足以破
千古之惑也。先生著經學隊仗一書。發明性理。暗先相孚於宋
儒之论。而俗皆不嗜。故先生亦不屑以示人。麗之時誦佛益
甚。不但不讀隊仗。亦鮮讀先生詩文。惟四山碑銘一卷。播在
四方。於此而求彷佛焉。故人不知眞孤雲先生矣。至我朝。濯
纓發執杖屨之願。愼齋歎倡文學之功。李子許西岳之設。猶未
見隊仗。此則先生之又不遇於堯夫也。餘人之紛紜雌黃。尙不
息於佛銘。而實不知衛道闢異之功在佛銘之中也。昌黎爲太顚
留衣。而佛骨之表。猶爲萬古昌言。先生爲佛作銘。而斥佛之
意。闇然而章焉。後孫國述君。積年蒐求遺文。而出貨以付剞
劂者。欲令世之人知先生之爲佛作銘。皆所以恭承君命而以寓
諷諫之義也。優遊山澤。終身不返。非欲與勝區相遇。(後略)

최치원문학관

신라의
만당 시인
한문학의
종장이라

국제 교류
첫째 문집
삼교합일
열린 마음

팔도에
끼친 발자취
펴어보니
구슬 서 말

※ 三國史記 卷第四十六 列傳 第六〈强首崔致遠薛聰〉

崔致遠 字孤雲(或云海雲) 王京沙梁部人也 史傳泯滅 不知其世系 致遠少 精敏好學 至年十二 將隨海舶入唐求學 其父謂曰 十年不第 卽非吾子也 行矣勉之 致遠至唐 追師學問無怠 乾符元年甲午 禮部侍郎裴瓚下 一擧及第 調授宣州溧水縣尉 考績爲承務郎侍御史內供奉 賜紫金魚袋 時 黃巢叛 高騈爲諸道行營兵馬都統以討之 辟致遠爲從事 以委書記之任 其表狀書啓傳之至今 及年二十八歲 有歸寧之志 僖宗知之 光啓元年 使將詔來聘 留爲侍讀兼翰林學士守兵部侍郎知瑞書監 致遠自以西學多所得 及來將行己志 而衰季多疑忌 不能容 出爲大山郡太守 唐昭宗景福二年 納旌節使兵部侍郎金處誨沒於海 卽差槶城郡太守金峻爲告秦使 時致遠爲富城郡太守 祗召爲賀正使 以比歲饑荒 因之盜賊交午 道梗不果行 其後 致遠亦嘗奉使如唐 但不知其歲月耳 攷其文集有上太師侍中狀云……今某儒門末學 海外凡材……此所謂太師侍中 姓名亦不可知也 致遠自西事大唐 東歸故國 皆遭亂世 屯邅蹇連 動輒得咎 自傷不遇 無復仕進意 逍遙自放 山林之下 江海之濱 營臺樹植松竹 枕藉書史 嘯詠風月 若慶州南山剛州氷山陝州淸涼寺智異山雙溪寺合浦縣別墅 此皆遊焉之所 最後 帶家隱伽耶山海印寺 與母兄浮圖賢俊及定玄師 結爲道友 棲遲偃仰 以終老焉 始西遊時 與江東詩人羅隱相知 隱負才自高 不輕許可 人示致遠所製歌詩五軸 又與同年顧雲友善 將歸 顧雲以詩送別 略曰 我聞海上三金鼇 金鼇頭戴山高高 山之上兮 珠宮貝闕黃金殿 山之下兮 千里萬里之洪濤 傍邊一點雞林碧 鼇山孕秀生奇特 十二乘船渡海

來 文章感動中華國 十八橫行戰詞苑 一箭射破金門策 新唐
書 · 藝文志云 崔致遠四六集一卷桂苑筆耕二十卷 注云 崔致遠
高麗人 賓貢及第爲高騈從事 其名聞上國如此 又有文集三十
卷 行於世 初 我太祖作興 致遠知非常人 必受命開國 因致書問
有鷄林黃葉 鵠嶺靑松之句 其門人等至國初來朝 仕至達官者
非一 顯宗在位 爲致遠密贊祖業 功不可忘 下敎 贈內史令 至十
四歲太平二年癸亥二月 贈謚文昌侯

※ 浮查先生文集卷之四 / 東方諸賢贊 壬申□二十首 / 崔文
昌贊

  風儀秀麗。精敏好學。仙風超塵。道骨脫俗。十二入唐。尋師
問業。十八登第。歷授華職。草檄高幕。老賊褫魄。文章耀世。名
振中國。奉詔東還。年二十八。遭時昏濁。無處寄跡。倻山千
丈。頭流萬疊。蟬蛻塵紛。嘯詠雲壑。題詩石古。四字門矗。遺
風仙跡。千載如昨。

※ 浮查先生文集卷之四 / 東方諸賢贊 壬申□二十首 / 元進
士贊

  身際衰季。見幾晦跡。躬耕養親。一意韜匿。名錄軍簿。詩以
自寬。一擧進士。斂退居閒。寓物興懷。傷時慨歎。詠菊一
絶。竊比淵明。湯聘雖勤。志不趍榮。聖駕親臨。踰垣以避。高
蹈超然。絶一點累。清風千載。烈烈其義。

  按文昌。東國文章之祖。而其明哲高風。飄飄然非塵寰中

30

人。圃隱, 冶隱兩先生繼開道學。扶植綱常。蔚爲我東方理學之
宗。忠節之本。若夫徐掌令, 李參議之作詩寓忠。野服不屈。籠
巖之臨江不渡。寄書訣家。耘谷之踰垣避匿。不受點汚則可以
別立列傳。輝映竹帛。而尙未聞列諸史傳。故深用慨然。謹攷
東史纂要。幷記而贊之。

※ 崔致遠《鸞郞碑序》：國有玄妙之道。曰風流。說敎之源。備
詳仙史。實乃包含三敎。接化羣生。且如入則孝於家。出則忠
於國。魯司寇之旨也。處無爲之事。行不言之敎。周柱史之宗
也。諸惡莫作。諸善奉行。竺乾太子之化也。

지리산 산삼 문학비

서복 찾던
불로초
지리산
산삼이라

당나라
벼슬할 때
고관에게
선물하다

태수로
부임한 것도
산삼 외교
이바지라

海東人形蔘一軀 銀裝龕子盛海東實心琴一張 紫綾帒盛

右伏以慶資五福。瑞降三淸。中春方盛於香風。上德乃生於遲日。凡荷獎延之賜。合申獻賀之儀。前件人蔘並琴等。形稟天成。韻含風雅。具體而旣非假貌。全材而免有虛聲。況皆採近仙峯。携來遠地。儻許成功於藥臼。必願捐軀。如能入用於蓬壺。可知實腹。誠慙菲薄。冀續延長。塵黷尊嚴。倍增戰灼。伏惟俯賜容納。下情幸甚。

人蔘三斤 天麻一斤

右伏以昴宿垂芒。尼丘降瑞。始及中和之節。爰當大慶之辰。仰沐尊慈。合申卑禮。前件藥物。採從日域。來涉天池。雖徵三椏五葉之名。慙無異質。而過萬水千山之險。貴有餘香。不揆輕微。輒將陳獻。所冀海人之藥。或同野老之芹。伏惟特恕嚴誅。俯容情懇。續靈壽則後天而老。駐仙顏而與日長新。下情無任禱祝忻躍兢惕之至。謹狀。

33

화엄강회 증희랑화상

해인사
3대 주지
북악파
희랑화상

화엄경
강설하니
천령태수
못 가 듣네

찬불가
열 가락으로
아쉬운 맘
달래네

※ 화엄강회 증희랑화상 팔폭병

1. 希朗大德君 夏日於伽倻山海印寺 講華嚴經 僕以捍虜所拘 莫能就聽 一吟一詠 五仄五平 十絶成章 歌頌其事 防虜大監 天嶺郡太守 遏粲 崔致遠

2. 步得金剛地上說。扶薩鐵圍山間結。苤茢海印寺講經。雜花從此成三絶。

3. 龍堂妙說入龍宮。龍猛能傳龍種功。龍國龍神定歡喜。龍山益表義龍雄。

4. 磨羯提城光遍照。遮拘盤國法增耀。今朝慧日出扶桑。認得文殊降東廟。

5. 天言秘教從天授。海印眞詮出海來。好是海隅興海義。只應天意委天才。

6. 道樹高談龍樹釋。東林雅志南林譯。斌公彼岸震金聲。何似伽倻繼佛跡。

7. 三三廣會數堪疑。十十圓宗義不虧。若說流通推現驗。經來未盡語偏奇。

8. 希朗祖師諡號教旨 贈海印尊師圓融無导不動常寂緣起相由照揚始祖大智尊者 己酉五月日。高麗王印

※ 해인사 주지 희랑대사

합천 해인사 건칠희랑대사좌상陝川 海印寺 乾漆希朗大師坐像 보물 제999호

해인사 희랑대 목조지장보살좌상海印寺 希朗臺 木造地藏菩薩坐像 경상남도 유형문화재 제485호

※ 海印寺 在伽倻山西 □新羅哀莊王所創 有高僧順應利貞
希朗遺像〈新增東國輿地勝覽 卷之三十 慶尙道 陜川郡 佛宇〉

※ 해인사 삼화상 진영海印寺 三和尙 眞影

희랑조사, 순응, 이정
경상남도 시도유형문화재 제486호
저작자 우송상수友松爽洙, 두명斗明
창작/발표 시기 1892년(고종 29)

화기畵記에 따르면, 가야산 해인사에서 조성하여 해행당解行堂
에 봉안되었던 진영으로, 해인사 성보박물관에 수장되어 있다. 가
로가 긴 화면에 해인사의 개산조開山祖인 순응順應과 이정利貞, 그
리고 중창조인 희랑조사希朗祖師로 추정되는 삼조사三祖師를 그렸
다. 이들 삼조사에 대한 구체적인 기록은 없으나 좌우로 마주 보
고 자리하고 있는 두 인물상은 순응조사와 이정조사이고, 중앙에
그려진 인물은 가슴 부분에 구멍 뚫린 흔적이 표현되어 있는 것으
로 보아 희랑조사로 추정된다.

순응조사와 이정조사는 신라 후기 스님들로, 애장왕哀莊王(재위
800~809) 때 함께 법을 구하러 당나라에 갔다가 양나라 때 죽은
보지공寶誌公의『답산기踏山記』를 가지고 돌아왔다. 돌아온 이후 이
들이 해인사를 지으려 할 당시, 애장왕 왕후의 등병을 고쳐주게 되
어 애장왕은 이들의 계획을 도와주었다. 그 뒤 해인사에서 후학을

지도하다 순응이 먼저 입적하고 이정이 뒤를 이었다고 한다.

희랑은 신라 말 고려 초의 스님으로, 신라 헌강왕憲康王(재위 875
~886) 때 해인사에 있으면서 신라 최고의 문장가인 최치원과 시
문을 통하여 서로 사귀었고, 화엄경華嚴經에 정통하여 명성이 높았
다고 한다. 고려 태조의 귀의를 받아 복전福田이 되었고, 후백제 견
훤의 귀의 또한 받았으며, 화엄에 밝던 관혜觀惠의 남악(현재 지리
산 화엄사)에 대비되는 북악(현재 소백산 부석사) 일파를 형성했다.
해인사에는 희랑조사를 조각한 목조각상木彫刻像이 보물 제999호
로 전해온다.

문창궁

문창후는
문장의 신
문창상제
등극하고

왼쪽은
점필 담정
오른쪽은
연암 아정

문호요
어진 목민관
사대천왕
덕 펴다

※ 文昌宮：文昌上帝 文昌侯 孤雲 崔致遠. 四大天王：文忠天王 文忠公 佔畢齋 金宗直, 文淡天王 私諡 文淡公 潭庭 金鑢, 文度天王 文度公 燕巖 朴趾源, 文雅天王 私諡 文雅公 雅亭 李德懋

※ 孤雲先生事蹟[家乘]
＊894년 진성여왕 8년 고운 38세 시무10여조를 상소하여 아찬 계급에 승급한 뒤에 천령군태수로 부임한 것으로 추정함.

※ 眞聖王立 八年春二月 崔致遠進時務一十餘條 王嘉納之 拜致遠爲阿湌
＊897년 진성여왕 11년 고운 41세 진성왕의 북궁北宮 해인사 이어에 수행하여 천령군태수 사임하고 해인사에 이주한 것으로 추정함. 이후 벼슬에 나아가지 않은 것으로 추정함.

※ 第五十一眞聖女王 金氏, 名曼憲. 即定康王之同母妹也. 王之匹魏弘大角干, 追封惠成大王. 丁未立, 理十年. 丁巳遜位于小子孝恭王. 十二月崩. 火葬, 散骨于年(牟)梁西卉(岳)一作未黃山.

※ 佔畢齋先生年譜 艮翁李公。因璞齋所編。更加校正。
성종 1 1470 경인 成化 6 40 ○ 겨울, 모친 봉양을 위하여 咸陽郡守가 되다.
成化六年庚寅。成宗大王元年 先生四十歲。冬。先生入侍經

崕。時母夫人。年七十一。辭職歸養。上命除咸陽郡守。十二月
十六日。迺臘日上奉世祖神主。祔于太廟。備法駕還宮。先生
以外補。未綴舊班。

成化七年辛卯。成宗大王二年 先生四十一歲。正月上旬。由
鳥嶺路。赴咸陽任所。九月。陞朝列大夫。十二月。陞奉正大
夫。柳子光嘗遊是郡。作詩。屬郡鋟版。懸諸壁上。先生曰。何
物子光。乃敢懸版耶。卽命掇而焚之。

성종6 1475 을미 成化 11 45 十考를 받아 通訓大夫에 오르고,
承文院事가 되다。○ 咸陽郡人이 生祠堂을 세우다。

成化十一年乙未。成宗大王六年 先生四十五歲。陞中直大
夫。咸陽城羅閣覆瓦。四月。政成爲第一。上曰。金某治郡有
聲。其優遷。郡吏延男。自京奉官教來。以十考陞通訓大夫。以
持旨拜承文院事。郡人慕其淸德善政。刱建生祠堂。每月朔
望。參謁焉。

※ 薄庭遺藁 행력
순조21 1821 신사 道光 1 56 4월, 〈題萬蟬窩賸稿卷後〉를 짓
다。○ 9월 16일, 咸陽 郡守로 재임 중 졸하다。

※ 승정원일기 2136책(탈초본 110책) 순조 20년 12월 5일 정해
13/24 기사 1820년 嘉慶(淸/仁宗) 25년 ○ 以李存秀爲刑曹判
書……金鑢爲咸陽郡守。
순조21 1821 신사 道光 1 56 4월, 〈題萬蟬窩賸稿卷後〉를 짓
다。○ 9월 16일, 咸陽 郡守로 재임 중 졸하다。

※ 燕巖集 年譜(初刊本) 삼간본 연보 없음

정조 15 1791 신해 乾隆 56 55 한성부 판관이 되다. ○ 安義 縣
監에 제수되다.

정조 20 1796 병진 嘉慶 1 60 안의 현감을 그만두고 軍職을 받
아 상경하다. ○ 제용감 주부, 의금부 도사, 懿陵 令이 되다.

※ 雅亭年譜 靑莊館全書卷之七十 男光葵奉杲謹撰德水李腕
秀蕙隣校訂 先考積城縣監府君年譜

정조 5 1781 신축 乾隆 46 41 ○ 12월, 沙斤道 察訪이 되다.

○十二月初一日。進院。二十七日。拜沙斤道察訪。在慶尙南
咸陽郡時。兼帶檢書官。二十八日。肅拜。二十九日。參考功。

정조 7 1783 계묘 乾隆 48 43 5월,「毛詩講義」를 교정하다. 沙
斤道 郵民을 위해 公債의 이자를 폐지할 것을 건의하여 혁파하
다. ○ 6월, 智異山을 유람하다. 大廟洞으로 이사하다. ○ 11월, 廣
興倉 主簿가 되다.

癸卯。公四十三歳。正月初一日。入直。○十一月 初六日。還
衙。本職與京職。今日政。相換。公則移拜廣興倉主簿。掌百官
祿俸。○時與田日復相換。初四日。發行上京。初六日。柑子三
箇, 山橘十五箇祗受。十五日。沙斤察訪遞任。上來單子入
啓。廣興主簿肅拜。

학사루

한림학사
최치원
역사 향기
은은하여

학사루
올라서니
하늬바람
세차다

이제는
명예박사 드려
박사루가
어떠리

※ 學士樓 柱聯

逸名氏

七月蟬聲滿一樓
登臨回顧又傷秋
長林上下高城出
大野東南二水流
學士已乘黃鶴去
行人空見白雲留
可憐風物今猶昔
常有詩篇揭軒頭

사운정

선비들
모여 앉아
고운님
사모하고

시회와
풍류 펼쳐
한 마당
흥겹구나

여름엔
청량한 기운
흘린 땀을
거둬 가네

※ 思雲亭 / 仁山 金一勳(1909~1992)

天降儒仙手植林 渭城詩伯揖相尋

大黃大野金波動 長碧長空玉露深

志樂古今神聖志 心通歷代俊雄心

社中賢士治平日 擧世孝親頌德音

※ 渭皐集卷之三 / 思雲亭淸暑契帖序

李侯愚泉先生 以奎瀛淸班 出守是郡 越明年 政淸訟簡 郡以
無事 於是肅郡之老於文翰善爲詩律者 禮以下之 占郡中形勝 得
所謂思雲亭者 修契事焉 同契者七人 寡於洛會香社 尤少於蘭亭
風流文雅 德業名望 雖愧於三會之群賢 而乘朝野之無事 趁湖山
之淸遊 則固亦有焉 獨我侯之文章功業 何遽多讓於古人哉 凡契
中之老 皆寒於孟郊 瘦於賈浪仙 官而冷似廣文卑於抱關無所見
取於賢侯而 有或一語一句 暗合於侯之心 故相好以遺形骸 黜畦
畛 消長夏於觴詠之中 則自今而作古也 信然矣 是以講信於一時
而欲久於異日 從事於文酒 而欲保於永好 立條約 錄名姓 則自
不能已也 其會也 必因侯薄書之暇 其樂也 亦同吾老衰之日 而
人事離合 但聽於天而已 侯旣主其務 而創其事矣 命近壽序之

※ 渭皐集卷之一 / 思雲亭七老淸暑帖韻

深樹雲來記歲年 春花秋葉共茫然

一樓明月仙何處 十里斜陽客到天

老子靑牛函谷路 姜翁白髮渭川邊

竝皆舊蹟誰能識 只有時人口口傳

문창후신도비

죽지 않는
신선에
무덤이
어딨으리

무덤길의
신도비
애초에
의미 없지

오늘날
가묘 세워지길
기다린
비석이지

※ 文昌侯崔先生神道碑文

東方聖人之學 自殷師始創 而當時無見而知之者 故道泯而無傳 有唐大中十一年丁丑(857) 我文昌侯先生生焉 天姿近於生知 而精敏好學 欲以傳數千載旣絶之學 然羅俗 專佞佛法 先生用是爲憂 勵志求道 年十二(868) 尋師入唐 乘桴之際 其先公誡之曰 往矣勤哉 無墮乃力 先生佩服嚴訓 冀諧養志 得人百己千之工 乾符元年 中禮部侍郎裴瓚下 一擧及第 時年十八(874) 調宣州溧水縣尉 遷爲都統巡官承務郎侍御史內供奉賜紫金魚袋 中和元年(881) 賀改年號 上表引王制 天子西巡狩 命典禮 考時月定日同律 及大戴禮中和位育之語以陳之 時黃巢反(875~884) 天子命兵馬都統高騈以討之 騈辟先生爲從事(881) 表狀書檄 皆出於其手 其檄黃巢 有不惟天下之人皆思顯戮 抑亦地中之鬼已議陰誅之語 巢不覺墮床 由是名振天下 當時如宰相鄭畋蕭遘 浙西周司空寶諸公 莫不聞風而納交焉 中和五年(885)正月 先生自淮南入本國天子詔使 進詩賦表狀等集 先生狀秦曰 諷詠性情 寓物名篇 曰賦曰詩 幾溢箱篋 及㕦得魚 皆爲棄物 從職淮南 蒙高侍中專委筆硯 軍書幅至 竭力抵當 四年用心 萬有餘首 然淘之汰之 十無一二 遂進詩賦表狀集二十八卷 曰私試今體賦五首一卷 曰五七言今體詩共一百首一卷 曰雜詩賦共三十首一卷 蹟東都時所作也 曰中山覆簣集一部五卷 調宣州溧水縣尉時所作 而仕優則學 勵爲山志而標名者也 曰桂苑筆耕集一部二十卷 從淮南寓食戎幕時所作也 天子考覽 大加稱賞 有曰 舜伐有苗 修德而終能率服 湯征自葛 行恩而競望

來蘇者 曰體堯舜之理 法禹湯之興者 有曰 聖人能以天下爲一家 以中國爲一人者 盖欲致君於堯舜之道 以興都兪吁咈之治也 光啓元年(885)春三月 奉帝詔還自唐 同年顧雲 以詩送別 有文章感動中華國之句 其名重上國如此 及還 王留爲侍讀兼翰林學士 守兵部侍郎 知瑞書監事 先生自以西學多所得 欲展所蘊 而衰季多疑忌 不能容 出爲太山郡太守 景福二年 眞聖女王召爲賀正使 乾寧元年(894) 先生進時務十餘條 主嘉納之 以爲阿飧 先生自西事大唐 東還故國 皆値亂世 自傷不遇 無復仕進意 自放於山水間 營臺榭 植松竹 枕藉書史 嘯詠風月 若慶州南山 剛州氷山 陜川淸凉寺 智異山雙溪寺 合浦縣月影臺 皆其遊玩之所 後挈家入伽倻山 究覽墳典 而尤深於中和大本達道之義 爲造道之正法眼藏 又鼓琴自慰 名之曰孤雲操 以終焉 時年九十五(951) 所著文集三十卷 行於世 唐書藝文誌 又載先生四六集一卷 桂苑筆耕二十卷 宋天禧四年 高麗顯宗 贈內史令 從祀先聖廟 天聖元年(1023) 追封文昌侯 建祠于泰仁武城 我朝肅宗丙子 賜額武城書院 有明嘉靖壬子 明宗大王傳敎 曰先賢文昌公崔致遠 道德 我東方第一 仁祖丙寅之敎 正宗甲申之敎 亦皆如是焉 先生姓崔氏 諱致遠 字孤雲 號海雲 沙梁部人也 其先曰蘇伐都利 降于兄山 爲突山高墟部長 有新羅開國功 儒理王九年 改部號爲沙梁 賜姓崔氏 而先生始著 嗚呼 生於東方偏小之國 執天朝文衡 而名振天下者 惟先生一人而已 先生嘗論三敎 而論儒道則曰 麟聖依仁乃據德 論佛法則曰 佛語心法 雖云得月 終類係風影 論仙術則曰 假學仙有始終 果能白日上昇去 只得爲鶴背上一幻軀 著類說經學 仁義等論百四十八條 嘗

蒞咸陽 不罰化行 移郡建學士樓 手植林木於長堤 先生去後 咸

之人士 愛之如召伯甘棠 愈久愈慕 而群賢輩出 豈非先生之仁

風遺化 亘百世而猶有存者歟 後孫等 謀竪石於遺址 前監役桂

鎭 來謁碑文 軾瞿然 曰忝在孫列 何敢承乏 且去先生之世 千有

餘載 與其用今人之言 孰若輯古人文字 以鑱其石哉 僉曰唯 乃

敢就東史及本集中 掇取如右 以俟後之秉筆君子

　岳降后一千四年(1861, 철종 12, 실제는 1921년이다) 重光(辛) 作

噩(酉) 下澣 後孫秉軾 謹述

　※ 玉澗 崔秉軾(1867~1928)〈文昌侯海雲先生遺墟碑〉

고운총

상림의
신도비는
가묘 앞에
딱 맞네

신선이라
묘 없다면
문묘 위패
말이 되나

이제는
넋이 깃들 데
마련하면
좋으련만

※ 雙女墳記

雙女墳記曰, 有鷄林人崔致遠者, 唐乾符中補溧水尉, 嘗憩于
招賢館. 前岡有塚, 號曰雙女墳. 詢其事迹, 莫有知者, 因爲詩
以弔之. 是夜感二女至, 稱謝曰 "兒本宣城郡開化縣馬陽鄉, 張
氏二女, 少親筆硯, 長負才情, 不意爲父母匹于鹽商小豎, 以此
憤恚而終. 天寶六年 同葬於此." 宴語至曉而別. 在溧水縣南一
百一十里.〈宋, 張敦 撰(1160),〈雙女墓〉條 [墳陵門 第十三],
六朝事迹編類〉

※ 함산설 :「쌍녀분기」는 최치원이 지은 한국 최초의 전기소설
이다. 귀신과 통정한 연애담을 서술한 소설이니 전기소설이다. 최
치원이 율수현위로 지내며 한가한 여가에 옛 무덤의 이야기를 소
재로 삼아 당시 당나라에 유행하던 전기소설 인귀 연애담으로 서
술하여 소설을 지은 것이다. 최치원이 귀국한 뒤에 만년에 다시 정
리하여 부기를 보충하여 남긴 것이다. 부기는 자서전이다. 후세에
유행하여 최치원설화로 발전한 것이다. 박인량이『신라수이전』을
서술할 때 수록한 것이다.

※ 附記 : 後致遠, 擢第東還, 路上歌詩云 : "浮世榮華夢中夢,
白雲深處好安身." 乃退而長往, 尋僧於山林江海, 結小齋, 築石
臺, 耽玩文書, 嘯詠風月, 逍遙偃仰於其間. 南山淸凉寺, 合浦縣
月影臺, 智理山雙溪寺, 石南寺, 墨泉石臺, 種牧丹, 至今猶存,
皆其遊歷也. 最後隱於伽倻山海印寺, 與兄大德賢俊, 南岳師定
玄, 探賾經論, 遊心沖漠, 以終老焉.《太平通載》卷68〉

※〈쌍녀분雙女墳〉

고운孤雲 최치원崔致遠 857(신라 헌안왕 1)~951(고려 광종 2)

誰家二女此遺墳 寂寂泉扃幾怨春
뉘 집의 두 여인이 여기에 무덤 남겼을까?
적막한 황천에서 몇 번이나 봄을 원망했나?

形影空留溪畔月 姓名難問塚頭塵
냇가 달빛에 형체 그림자 부질없이 어리고
먼지 쌓인 무덤 머리에서 성명 묻기 어렵네

芳情儻許通幽夢 永夜何妨慰旅人
꽃다운 정 꿈에서라도 통할 수 있다면
기나긴 밤 나그네를 위로해주어도 되리

孤館若逢雲雨會 與君繼賦洛川神
외로운 객관에서 운우의 모임 갖는다면
그대들과 더불어 낙신부를 이어 부르리

※ 낙신부 : 위魏나라 문제文帝의 아우 조식曹植이 형수 견후甄后
를 사모했는데 견후가 문제의 총애를 잃고 어명으로 자살했다. 조
식이 조문을 마친 뒤 낙수洛水 가에 이르러 한 미녀 혼령(견후를 빗
댄 것임)을 보고 사모하는 정으로「낙신부洛神賦」를 지었다.

위 한시를 필자가 번역하고 임의로 시조로 번안하니 다음과
같다.

쌍녀분

뉘 집의 두 여인이 여기에 무덤 썼나
꽃다운 정이여 꿈에라도 통한다면
긴긴밤 외로운 객관에 나그네 시름 달래주오

대관림

큰물을
막아주는
방수림의
숲이다

백성들
숨 돌리는
휴양림의
숲이다

고운님
나라 사랑 잇는
산삼 외교의
숲이다

※ 佔畢齋集卷之十一〈大館林中招麴生〉

金宗直 1431(세종 13)〜1492(성종 23)

大館林中招麴生。
深秋草樹肅靑熒。
何必娛君絲與竹。
楓能瑟瑟澗泠泠。

※ 佔畢齋集卷之八 / 詩 / 允了又作咸陽郡地圖。題其上。九
絕。

激激淸湍郭外音。
獨吟騷句爽煩襟。
有時柱杖攔歸鶴。
落日霜飛大館林。

금호미

상림숲을
일굴 때
금호미를
썼대요

도깨비
방망이 같은
신통력을
부리죠

황금빛
찬란한 금호미
백성이 드린
상이죠

최치원산책로

올레길
둘레길
걷는 길
잔치다

태수님
바쁘시어
한가로이
걸었으랴

찬찬히
고운길 걸으며
하늘 구름
바라보다

※ 〈함양군수 한치조를 읊음〉

신좌모申佐模 1799(정조 23)~1877(고종 14)

槐陰韓使君 致肇

如水公庭鴈鶩羣。微風鈴語晝稀聞。
白鵬籠裏秋來月。黃鶴樓中一去雲。
咸陽有學士樓。傳崔孤雲所建。
洛社春燈違共酌。渭城朝雨憶相分。
咸陽客舍。扁曰渭城。年前余南行。歷咸一宿。
吾衰最怕逢勍敵。堅臥年來久斂軍。
〈澹人集卷之七 詩成後第五會。追參者六人。復疊前韻。屬
之。〉

상련대

충효 없는
신선이
천하에
어딨으랴

불심 깊은
모친 위해
연꽃 위에
모시다

백운산
청정한 기운
모자 사이
건강하다

※ 上蓮臺庵重修記

蓮庵之在雲山 其古矣 諺曰 昔崔文昌 建庵於此者 取夫山與
庵 俱同名者 嘗有之於中國故耳 不然 公乃儒者 於異學 雖不能
禁 矧助之乎 旣己自解曰 公生新羅之世 東土貿貿焉 未免夷貊
而公嘗以鄉慕中國爲志者 則其或然乎 盖斯庵 掛在山之絶頂
其爲址也 三隤而一於山 古怪幽僻 明朗通暢 比之諸禪室 未嘗
所有 其北數武 鑿山緣崖 一間甚蕭洒者 山神閣兼法堂也 刮界
風雨 星霜閱歷 幾至頹落 僧道眞爲是之懼 赤拳鳩財 碧瓦丹䑛
燦然復新 其意可尙也哉 嗚呼 其徒之來拜此閣 亦可以恒沙數
之 則勿以絲死句爲工 動寂之間 恒以活句從事 吹起毛利處 寂
滅旣成 則止觀絲聽之妙 大有事在 此可謂小小快活也 請欲比
之於衰世之學 役役乎形氣 徒死於人欲者 則尙有說焉 然余之
記此者 非右之也 乃叔季之歎也與 文昌建庵之意 其所取 雖不
同 抑亦靡所無取云爾

聖上卽位三十六年屠維大淵獻(기해 1899)孟秋全希大書

엄천사

고운님과
결언 스님
화엄학의
대가들

해인사서
즐겁고
엄천사서
반갑고

엄천강
뱃놀이하고
법당에서
강경하고

※ 嚴泉寺鐘閣上樑文

추파秋波 홍유泓宥 1718(숙종 44)~1774(영조 50)

勢扼嶺湖咸陽 爲都護府之鎭勝

占智異嚴泉 得大伽藍之名

孤雲子之所棲 法祐師之攸創

千峯簇攢 一水縈紆

巖巒之雄高 則鴈宕風斯下

道場之明淨 而鷲靈美豈專

旣奠法殿之宏䂓 爰諏鐘樓之繼搆

筮陰陽於筠璞 勑宋㮤於倕般

輸岱山之奇材 寫崑丘之美石

事皆從而順矣 不日成之

衆亦樂而爲焉 如雲集也

一閣功訖 六偉唱騰

兒郎偉抛梁東 鏜鏜鞳鞳曙暉中

人間猶作牽情夢 一皷惺惺喚主翁

兒郎偉抛梁南 鞳鞳鏜鏜午餉甘

莫使木魚鳴飯後 山中飢客盡來毿

兒郎偉抛梁西 鏜鏜鞳鞳日輪低

日輪方向金天去 蕊嶺雪山路不迷

兒郎偉抛梁北 鞳鞳鏜鏜時夜寂

吳質欲消黑業纆 不眠應誦彌陀百

兒郎偉抛梁上　鎗鎗鞳鞳飛淸響

隨風散入白雲間　諸佛扇然來髴髣

兒郎偉抛梁下　鞳鞳鎗鎗長不啞

三十三天廿八星　晨昏不失鳴蘭若

伏願上樑之後

神祐一寺　聲聞十方

匭磬鏞而揚靈　千魔辟易

侑員誦而娛佛　百祿多將

〈秋波集卷之三〉

※ 佔畢齋集卷之十 / 詩 / 嚴川寺 茶園 二首。□幷叙。

上供茶。不產本郡。每歲。賦之於民。民持價買諸全羅道。率
米一斗得茶一合。余初到郡。知其弊。不責諸民。而官自求丐
以納焉。嘗閱三國史。見新羅時得茶種於唐。命蒔智異山云
云。噫。郡在此山之下。豈無羅時遺種也。每遇父老訪之。果得
數叢於嚴川寺北竹林中。余喜甚。令建園其地。傍近皆民田。買
之償以官田。纔數年而頗蕃。敷遍于園內。若待四五年。可充
上供之額。遂賦二詩。

欲奉靈苗壽聖君。新羅遺種久無聞。如今擷得頭流下。且喜
吾民寬一分。

竹外荒園數畝坡。紫英烏觜幾時誇。但令民療心頭肉。不要
籠加粟粒芽。

64

※ 靑莊館全書卷之六十九 / 寒竹堂涉筆[下] / 嚴川古蹟

癸卯六月。余遊頭流山。憇嚴川寺。問古蹟。寺僧獻一冊。載仁穆大妃爲亡弟追福願文曰。嘗聞法身圓對照人。若臺鏡忘疲。慧力周通接物。若衢樽待酌。是以。窺鏡者貌分妍醜。把樽者器識淺深。善權之誘化無頗。庶品之薰修有託。幽則可銷寃釋憾。顯則可拯苦拔危。況能申孝悌之誠。必易感慈悲之蔭。我如虔懇。佛豈食言。弟子娣妹。少遭閔凶。深抱寃酷。摧心於何怙何恃。泣血於靡瞻靡依。矧銜終鮮之悲。倍結孔懷之慽。不天之責。無地可逃。豈期劉景辨周代之宗。李弘別魏朝之禮。採女功於台室。奉嬪則於 王家。今則杞國夏深。楚□□罷。塊然獨處。恍若有亡。無因辭□以陳誠。空效脫簪而落采。顧私門之薄祜。實行路之同嗟。但以餘生有涯。永恨無極。若非注心義海。何以澄宿對之因緣。若非藉力法林。何以助冥□之功德。遂爲亡弟。追福於嚴川寺。光學莊敬。捨稻穀一千苦。且學以聚之。問以辨之。先聖所言。後生所務。敢將瑣瑣之財施。特奉莘莘之法流。雖慚撮壤培山。終願導涓歸海。每當廣廈集黌中之侶。淨筵譚象外之宗。敬願亡弟。擺落塵羈。超昇海會。德分四衆。爲長者室之嘉賓。法究一乘。作如來家之勝友。亦使十方庸品。萬劫昏流。俱乘般若之舟。齊到菩提之岸。

백연서원 유허비

목민관의
전형은
고운과
점필재지

함양만이
아니라
한국의
표준이지

두 분을
모시는 서원
여기밖에
없건만

※ 1670년(현종 11)에 최치원崔致遠과 김종직金宗直을 향사하는 백연서원栢淵書院이 창건되었다. 1869년(고종 6) 대원군의 서원 철폐로 훼철되어 복원하지 못하였다. 백연사栢淵祠를 복원하든 새롭게 천령사天嶺祠를 창건하든 함양목민관 9현을 향사함이 타당하다.

중앙 고운孤雲 최치원崔致遠 857(문성왕 19)~951(고려 광종 광덕 2) 천령군태수

좌 1 점필재佔畢齋 김종직金宗直 1431(세종 13)~1492(성종 23) 함양군수

우 1 일두一蠹 정여창鄭汝昌 1450(세종 32)~1504(연산군 10) 안음현감

좌 2 매계梅溪 조위曺偉 1454(단종 2)~1503(연산군 9) 함양군수

우 2 관아재觀我齋 조영석趙榮祏 1686(숙종 12)~1761(영조 37) 안음현감

좌 3 능호관凌壺觀 이인상李麟祥 1710(숙종 36)~1760(영조 36) 사근도찰방

우 3 연암燕巖 박지원朴趾源 1737(영조 13)~1805(순조 5) 안의현감

좌 4 청장관靑莊館 이덕무李德懋 1741(영조 17)~1793(정조 17) 사근도찰방

우 4 담정薝庭 김려金鑢 1766(영조 42)~1821(순조 21) 1819 함양군수

※ 江漢集卷之九〈崔孤雲廟記〉江漢 黃景源(1709~1787)

翰林侍讀學士兵部侍郎, 知瑞書監事文昌崔公孤雲廟。在咸陽栢淵之上。世傳公嘗守天嶺。有遺愛。天嶺於今爲咸陽。故府人立公之廟以祀之。公諱致遠。幼入唐。舉乾符元年及第。爲侍御史內供奉。賜紫金魚袋。黃巢叛。都統高駢辟從事。光啓元年。充詔使。歸事金氏。爲翰林侍讀學士, 兵部侍郎, 知瑞書監事。乾寧元年。上十事。主不能用。乃棄官。入伽耶山。一朝脫其冠與屨。遺之林中。不知所終。案國史。公歸本國二十一年。左僕射裴樞等三十八人。坐清流。死白馬驛。唐遂亡。又二十九年。金氏國滅。盖此時公旣隱矣。豈見天下之將亂。知宗國之必亡。超然遠去辟世而不反邪。豈其心不臣於梁。又不臣於王氏。遂逃於深山之中邪。方高駢之擊黃巢也。公慷慨爲駢草檄。徵諸道兵。名聞天下。巢旣滅。奉詔東歸。使公終身仕於唐。則惡能免淸流之禍乎。雖不免焉。必不能屈志辱身而朝梁庭矣。慶州南有上書庄。世稱公上書王氏。然王氏始興之際。公誠上書陰贊之。則何故避世獨行。終老於山澤之間。而不肯仕也。王氏中贈文昌侯。祀國學。世以爲榮。而不知公之高節不事王氏也。可勝歎哉。孔子曰。伯夷叔齊。餓於首陽之下。民到于今稱之。使殷不亡。則二子不餓而死矣。餓而死者。潔其身也。故天下稱之不衰。公自伽耶脫冠屨而去之。以時考之。則金氏盖已亡矣。此其志亦潔其身。與二子無以異也。今上二十一年。某侯出守咸陽府。拜公之廟。爲率府人。因其遺址而改修之。屬余爲記。夫國學祀公久矣。於府治何必立廟。然旣有公之遺跡。亦可以百世不廢矣。於是乎記。

68

※ 咸陽郡誌 / 古蹟

吏隱臺 在郡南一里(今席卜面吏隱里)金宗直爲郡時,公退之
暇,嘯詠於斯, 名吏隱,遺址尙存

吏隱堂 增在小孤臺下潘溪南岸,(今吏隱里)佔畢先生,爲倅
時,臨溪創搆小堂,扁以吏隱而簿領餘閑,杖屨逍遙, 民有去後思,
爲立祠於此,以祀之,丁酉,爲賊所焚,遺址至今尙存(天嶺誌)

함양역사인물공원

상림숲 속
인물공원
새 천 년의
기념물

고운 선생
윗자리
양쪽으로
다섯 명씩

동상 옆
뛰노는 아이들
이름 다 알면
상 주리

※ 1. 천령군태수 고운孤雲 최치원崔致遠 857～951

 2. 두문동72현 덕곡德谷 조승숙趙承肅 1357(공민왕 6)～1417(태종 17)

 3. 함양군수 점필재佔畢齋 김종직金宗直 1431(세종 13)～1492(성종 23)

 4. 청백리 일로당逸老堂 양관梁灌 1437(세종 19)～1507(중종 2)

 5. 시서화삼절 뇌계㵢溪 유호인俞好仁 1445(세종 27)～1494(성종 25)

 6. 동방오현 일두一蠹 정여창鄭汝昌 1450(세종 32)～1504(연산군 10)

 7. 천령삼걸 옥계玉溪 노진盧禛 1518(중종 13)～1578(선조 11)

 8. 남계서원 창건 개암介庵 강익姜翼 1523(중종 18)～1567(명종 22)

 9. 안의현감 연암燕巖 박지원朴趾源 1737(영조 13)～1805(순조 5)

 10. 공자교운동 진암眞庵 이병헌李炳憲 1870～1940

 11. 항일 의병장 의재義齋 문태서文泰瑞 1880～1912

향화천년 지리산문묘

유교는
사문이라
문묘는
유학자지

현대는
문학이라
문학인이
대세지

문학의
18현 모시는
문채 빛날
문묘지

※ 문묘 종사 동국18현은 성리학자 위주다. 홍유후－유교를 넓힌 후작－설총의 시호에 비겨 최치원은 문창후－문학이 창성한 후작－란 시호를 보면 비교된다. 문묘는 유학자를 모시는데 현대문학의 시대에 맞게 문학인을 모시는 문묘를 따로 세워야 한다. 동국18현에 상대되게 지리산문학에 맞는 지리산문학18현의 문묘를 설계한다. 지리산문학은 한문학, 고전문학, 현대문학의 3학으로 형성되었으니 각기 6현을 선정하여 18현을 정립한다.

한문학6현 : 계원필경집 고운 최치원, 유두류록 점필재 김종직, 열하일기 연암 박지원, 청장관전서 아정 이덕무, 담정총서 담정 김려, 송고백영 청매인오

고전문학6현 : 우적가 영재 스님, 백설가 목은 이색, 두류산 양단수 남명 조식, 장수산가 옥계 노진, 소상팔경 청련 이후백, 단가삼결 개암 강익

현대문학6현 : 이병주문학관 이병주, 한국시인협회장 허영자, 트위터대왕 이외수, 한국문인협회 부이사장 강희근, 한국작가회의 이사장 이시영, 국제펜 한국본부 이사장 손해일

한국문학문화재현창회

문학의
영적인 샘
천왕봉에
솟는다

국보인
사산비명
으뜸의
문학문화재

국제적
교류 개인 문집
세계유산
빛내다

※ 사산비명四山碑銘 목록

① 충청남도 보령시 성주면 성주리 성주사 터에 있는 숭엄산성주사대낭혜화상백월보광탑비명崇嚴山聖住寺大朗慧和尙白月葆光塔碑銘(국보 제8호)

② 경상남도 하동군 화개면 운수리 쌍계사 경내에 있는 지리산쌍계사진감선사대공령탑비명智異山雙溪寺眞鑑禪師大空靈碑銘(국보 제47호)

③ 경상북도 경주시 외동면 말방리 대숭복사에 있었던 초월산대숭복사비명初月山大崇福寺碑銘 2014년 2월 복원

④ 경상북도 문경시 가은면 원북리 봉암사 경내에 있는 희양산봉암사지증대사적조탑비명曦陽山鳳巖寺智證大師寂照塔碑銘(보물 제138호) 2010년 1월 국보 승격 문경봉암사지증대사탑비聞慶鳳巖寺智證大師塔碑(국보 제315호)

※ 현창회 사업

『계원필경집』의 세계기록유산 추진.
『계원필경집』의 판각 책판 복원 추진.
사산비명,『계월필경집』 국보문학상 공모전.
시조의 인류무형문화유산 추진.
3대시조집(『청구영언』『해동가요』『가곡원류』)의 세계기록유산 추진.
혜초 기행수필「왕오천축국전」의 세계기록유산 추진. 파리국립도서관장.

2020 함양산삼항노화엑스포

시황제
갈구하던
불로초는
산삼이라

지리산
캐 간 산삼
나당 외교
공헌하다

고운은
산삼학의 비조
미래 살길
열어주다

※ 孤雲先生事蹟[家乘]

진성여왕 8(894) 갑인 乾寧 1(38세) 2月, 時務十餘條를 올리다. 왕이 가납하여 阿湌에 임명하다. 그러나 시무책은 시행되지 못한다.

眞聖主七年甲寅。唐昭宗乾寧元年 爲富城郡太守。祇召爲賀正使。以道多盜賊不果行。二月。進時務十餘條。主嘉納之。以爲阿湌。自傷遭値亂世。不復仕進。自放於山水之間。惟以嘯詠爲事。

三國史記 卷 第一 新羅本紀 第一 眞聖王

八年 春二月 崔致遠 進時務一十餘條 王嘉納之 拜致遠爲阿粲 冬十月 弓裔自北原入何瑟羅 衆至六百餘人 自稱將軍.

『신증동국여지승람』 제31권 경상도慶尙道 함양군咸陽郡【명환】 신라

최치원崔致遠이 해인사 중 희랑希朗에게 보낸 시 끝에 방로태감 천령군태수防虜太監天嶺郡太守 알찬遏粲 최치원이라 적었다.

※ 894년 진성여왕 8년 고운 38세 시무10여조를 상소하여 아찬 계급에 승급한 뒤에 천령군태수로 부임한 것으로 추정한다.

三國史記 卷 第一 新羅本紀 第一 眞聖王

十一年 夏六月 王謂左右曰 近年以來 百姓困窮 盜賊蜂起 此孤之不德也 避賢讓位 吾意決矣 禪位於太子嶢 於是 遣使入唐 表奏曰 臣某言 居羲仲之官 非臣素分 守延陵之節 是臣良圖 以臣姪男嶢 是臣亡兄晸息 年將志學 器可興宗 不假外求 爰從內擧 近已俾權藩寄 用靖國災 冬十二月乙巳 王薨於北宮 諡曰眞

聖 葬于黃山

※ 897년 진성여왕 11년 6월 조카인 헌강왕의 아들 요嶢(뒤의
효공왕)에게 왕위를 물려주고 북궁北宮 해인사에 이어하고 그해
12월에 죽었고 황산黃山에 장사 지냈다. 고운은 41세로 진성왕의
해인사 이어에 수행하여 천령군태수 사임하고 해인사에 이주한
것으로 추정한다. 진성여왕 사후 벼슬에 나아가지 않고 전국을 주
유한 것으로 추측한다.

※ 經史篇□論史類 / 人物 / [1114]崔文昌事蹟辨證說
孤雲事蹟。見於諸史及雜記者。互相矛盾。今得《桂苑筆耕
集》自製詩文。考辨之。
其表進《桂苑筆耕集》文曰。臣自十二。離家西泛。亡父誡之
曰。十年不第進士。則勿謂吾兒。吾亦不謂有兒。往矣勤哉。觀
光六年。金名榜尾云。中和六年正月。狀奏。其《初投獻太尉高
騈啓》。自十二。別離雞林。二十。得遷鸞谷。方接靑衿之侶
云。其題石峯詩注。中和甲辰年冬十月。奉使東泛。泊舟於大
珠山下云。又其儷文。有巫峽重峯之年。絲入中原。銀河列宿
之歲。錦還東國云。
今取《唐書》、東史。考證其所自紀年。則一一符驗。公生於新
羅憲安王元年丁丑。卽唐宣宗大中十一年也。公入唐時。十二
歲。景文王八年戊子。卽唐懿宗咸通九年也。公中唐裴瓚榜下
時。十八歲。唐僖宗乾符二年甲午。卽新羅景文王十四年也。公
爲淮南都統高騈巡官時。二十五歲。唐僖宗中和元年辛丑。卽

78

新羅憲康王七年也。公居高騈幕府四年時。二十八歲。唐僖宗
中和四年甲辰。新羅憲康王十年也。其年冬十月。與新羅入淮
南使檢校倉部員外郎守翰林郎賜緋銀魚袋金仁圭、【公銜。則
淮南入新羅兼送國信等使前都統巡官承務郎殿中侍御史內供
奉賜緋魚袋】堂弟棲遠《謝賜弟棲遠錢狀》。某啓。某堂弟棲遠
比將家信。迎接東歸。遂假新羅國入淮海使錄事職名。獲賴雄
藩。將歸故國。昨者。伏蒙仁恩。特賜錢三十貫者。伏以崔棲遠
遠涉煙波。大遭風浪。僅存微命。惟有空身。雖志切鶺鴒。竊慕
在原之義。而譽慙騏驥。難期得路之秋。銜蘆而但喜聯行。泛梗
而免虞失所。今者。某以榮奉使。則遂寧親。貨泉沾潤之名。實
稱子母。歸路光榮之事。皆屬善人。下情無任感恩欣躍兢惕之
至。其《上太尉別紙》五首。某啓。昨以鄉使金仁圭員外。已臨去
路。尙覬歸舟。懇求同行。仰候尊旨。伏蒙恩造。俯允卑誠。今
則共別淮城。齊登海艦云云。又伏奉尊誨。藥佖子懸於船頭。不
畏風浪。愼勿開之者。仰掛青囊。遠踰碧海。必使天吳息浪。水
伯迎風云云。又某舟船行李。自到乳山。旬日候風。已及冬
節。海師進難。懇請駐留。某方忝榮身。惟憂辱命。乘風破浪。既
輸宗慤之言。長楫短篙。實涉惠施之說。雖倚資恩煦。不憚險
艱。然正值驚波。難踰巨壑。今則已依曲浦。暫下飛廬。結茅茨
以庇身。糁藜藿而充腹。候過殘臘。決撰行期。若及春日載
陽。必無終風且暴。便當直帆。得遂榮歸。謹具別狀咨申。伏惟
云云。】製文祭巉山神。將啓行也。公二十九歲。唐僖宗光啓元
年乙巳。卽新羅憲康王十一年也。歸國時。公三十歲。新羅憲
康王十二年丙午。卽唐僖宗光啓二年也。正月。以《桂苑筆耕

79

集》一部二十卷。表奏進土。【公表中和六年正月。進是集云者。按中和之紀年。止於四年。而公文以六年系之者何。未知其間改元之爲光啓故也。】公四十歲。新羅眞聖女主十年丙辰。卽唐昭宗九年也。出爲武城太守。自傷不遇。挈家入江陽郡伽倻山以終。墓在湖西鴻山縣極樂寺後。【有碑。公自筆碑額。陰記。崔興孝書】世以公爲丹學之鼻祖。修煉仙去云。鴻山之墓。如喬山之黃帝冢。鵠屋之老子墓也。公十二入唐。則想未有室。至十有九年東還。而公年爲二十九歲也。或在唐而娶歟。不然。則東來始耦而有苗裔耶。其進表文時。公年三十歲。而稱亡父云。則公於在唐時丁憂歟。東還後。則不過一歲也。假如其間遭變。則在草土中。表進其集。是豈禮乎哉。【《謝探請料錢狀》。某啓。某頃者。西笑傾懷。南音著操。蓬飛萬里。迷玉京之要路通津。桂折一名。作金牓之懸疣附贅。乃是常常之事。徒云遠遠而來。海隅未覺於榮家。江徼況勞佐邑。由是詠《南陔》而引咎。望東道以知歸。伏蒙太尉念掃德門。許遷代舍。濡毫染牘。深愍雪苑之淸才。頂矛腰魚。遽忝霜臺之峻秩。傳天上披衷之命。榮日邊垂白之親。以宣父見知。則實同陣隼。以遠人多幸。則不讓漢貂。雖乖就養無方。久想宗族稱孝。然而煙波阻絶。難申負米之心。風雨凄涼。空灑梁山之泣。旣疏溫淸。又闕旨甘。但切責躬。敢言養志。況又無鄉使。難附家書。惟吟陟岵之詩。莫遇渡溟之信。今有本國使船過海。某欲買茶藥。寄附家信。伏緣蹄涔易渴。溝壑難盈。不避嚴誅。更陳窮懇。伏惟太尉。念以依門館次三千客。別庭闈已十八年。旣免行傭。有希反哺。特賜探給三箇月料錢。所冀祿逮及親。遠分光於異域。志能求己。永投跡於仙鄉。干瀆台階。下情伏增感泣兢悸懇迫之至。其請錢狀。別具上呈云云。《謝許歸覲啓》。某啓。早來員外郎君。奉傳尊旨。伏蒙恩慈。念以某久別庭闈。許令歸覲者。仰銜金諾。虔佩玉音。雖尋海島以榮歸。古今無比。且望煙波而感泣。去住難安。伏緣某自十二離家。今已二九載矣。百生天幸。獲托德門。驟忝官榮。仍叨命服。一身遭遇。萬里光耀。是以遠親稍慰於倚門。遊子倍榮於得路。惟仰趙衰之冬日。深暖旅懷。豈惟張翰之秋風。遽牽歸思。且緣辭鄉歲久。泛海程遙。住傷烏鳥之情。去懷犬馬之戀。惟願暫謀東返。迎待西來。仰託仁封。永安卑跡。今卽將期理(缺)。但切戀軒。下情無任感戴兢灼涕泣之至。謹奉啓陳謝云云。】以此見之。則公之老親猶在。故其集中。歸覲榮親之句甚多。意者公之父已殂。公之母尚存也。不然則及東返進表。稱亡父者何也。

以集中所記考之。高騈之遇公者厚矣。而公之報騈者。亦不薄矣。以獻生日物狀知之。【《物狀》。海東人形蔘一軀。銀裝龕子盛。海東實心琴一張。紫綾帒盛。其狀辭云云。前件人蔘竝琴等。形稟天成。韻含風雅。具體而旣非假貌。全材而免有虛聲。況乃采近仙峯。攜來遠地。儻許成功於藥曰。必願捐軀。如能入用於蓬壺。可知實腹云。蓬萊山圖一面。千堆翠錦。一朵靑蓮。雪濤蹙出於墨池。鯨噴可駭。雲嶠湧生於筆海。鰲戴何輕。人蔘三斤。天麻一斤。前件藥物。探從日域。來涉天池。雖微三椏五葉之名。慙無異質。而過萬水千山之險。貴有餘香。】《筆耕集》。藏書家。竝稱無傳。先輩俱惜其見佚。歲癸巳【純祖

三十二年。卽淸道光十二年也。】徐五費尙書【有榘】借淵泉洪相
公【奭周】所藏。卽自永安都尉【柱元】相傳者也。佚書復出。徐
公。慮其復亡。按湖南時。要不佞校讎。董其擺印。印百本。共
四冊。以聚珍字印之。故板無傳焉。自甲午仲春始工。季秋告
訖。其謀印傳。不佞亦有力焉。公去後。歷千有餘載。以此將絶
之書。復傳於幾千百年。五費公。景仰前賢。貽惠來嗣者。豈不
美哉。

徐公。以佚書復出於古家。甚奇之。逢人誇張焉。湖南營吏
金一黙者。向余言。此果異書。復出人間者耶。營下吏家。亦有
藏此書云。故借見則果有之。亦一異事也。他書之絶種者。必
有如此矣。

公字孤雲。而海夫其字。一作海雲。孤雲。其號也。湖南沃溝
人。或作慶州人。或稱沙梁部人。厥初辰韓六部姓。皆從天
降。高墟村長崔氏。降于兄山。新羅儒理王九年。改六部之
名。仍賜姓。以高墟村爲沙梁部。姓崔。故稱沙梁人也。

2

문창음 25수

학사대

학사는
한 명인데
도처에
대당 누정

학사대
전나무는
국가 천연
기념물

김천도
학사대 있어
노니시던
자취라네

※ 雙峯先生文集卷之一〈登學士臺。憶崔孤雲。〉

정극후鄭克後 1577(선조 10)~1658(효종 9)

伽倻何岌巍。中有學士臺。何人昔曾遊。孤雲其姓崔。人亡
古臺空。俛仰思悠哉。鼇山孕奇秀。仙骨人間來。氣岸空四
海。文章傾八垓。北學巫山歲。碧桃和露栽。銀河列宿年。錦衣
鄕山迴。阿殌擬經綸。白璧還見猜。王通策何用。賈生徒抱
才。黃葉已蕭瑟。忍見宗社頹。長往忽掉頭。皎皎烟霞隈。世路
少知音。秋風詩興催。臺上日成趣。頓覺塵慮灰。遨遊挾飛
仙。明月同徘徊。瑤琴響一寒。石壇餘蒼苔。詩仙杳何許。筆苑
留瓊瑰。羽化人謾傳。事業今崔嵬。我來訪遺跡。草逕尋無
媒。登臺感臺名。千載令人哀。

※ 八斯遺稿卷之一 雜著〈孤雲寺記〉

배유화裵幼華 1611(광해군 3)~1673(현종 14)

金泉舘之南有一寺。名孤山。凡亭榭寺刹之命名。或因其所
見。或因其志趣。或因其事蹟。今叩孤山寺之爲孤山。僧曰前
後左右無孤山。然則寺之名或以其一時謬稱者耶。余惟其無所
據。前年冬寓於舘之西。問洞名。乃伽倻也。噫伽倻山之名以
伽倻。以崔學士孤雲隱居其山。彈伽倻琴也。此去伽倻山不過
一日程。安知非孤雲踪跡亦遍於此洞。而洞得山之名耶。然則

85

伽倻洞咫尺卽孤山。而眞瀟灑別區也。登樓而望則金烏鑑川遠
近山川。皆在几案前。孤雲素愛山水者。亦安知遊於洞而不遊
於此耶。孤山之山字。當爲雲明矣。改名曰孤雲寺。寺之北有
臺而無其名。始名曰學士臺。以孤山爲孤雲故也。

※ 현종 8(1667) 정미 康熙 6(57세) 효행으로 천거되어 金泉道
察訪이 되다.

※ 靑莊館全書卷之六十八 完山 李德懋 懋官 著 / 寒竹堂涉
筆[上] / 伽倻山記

壬寅二月十八日。早飯發行。居昌茂村四十里點心。加祚村
四十里秣馬。陜川海印寺三十里宿。茂村。卽金泉屬驛也。行
十里。過居昌府治。晡時到加祚倉。古加祚縣也。稍稍有瓦
家。行五里。地名龍山。伽倻山路口也。東岸。有九日書齊。石
立川行。頓有幽趣。緣溪以上。石皆馬牙皴。樵人接踵而下。如
駭鹿奔麕。……到寺。歇于窮玄堂。僧供蜜漿, 饊子, 棗, 柿之
屬。又供夕飯。石茸, 吉更, 馬蹄蔬, 鹿角菜。皆可口。燃燭。觀
大寂光殿釋梵學。稍慧可語。索見寺志而宿。……北有普眼
堂。卽藏弆八萬大藏經。南北二閣。俱十五間。廣各三間。総九
十間。中設三層架。滿挿經版。鱗編羽櫛。洵是壯觀。版長可周
尺一尺半。廣可二尺。只有邊格。無烏絲。十二行十四字。字如
碁子。雖楷精。無可取法。版俱髹漆。不甚光潤。四隅薄銅裝
釘。按古蹟志。哀莊王時。陜川里胥李居仁。入冥府。逢三目王
發願。歸告于王。王命雕版于巨濟島中。移藏于海印。荒唐不

86

可信。毘盧佛左。積 世祖朝所搨經卷試拈二卷。下方。一刻癸卯歲大藏都監奉勅雕造。一刻甲辰歲。……某經幾卷幾張。有時張作丈。此必是我 朝人補刻也……。堂中左右。有塔屹立。石雕金塗。右三十三級。左二十級。右北壁下。安羅末希朗禪師木雕像。面手髹漆。筋骨戌削。襟披胸現。乳間有竅容櫻。或象伊人生時。中脘炙痕。或是雕造多年。腐蝨成竅。世傳此穿胸國人。然嘗見三才圖會。穿胸國貴人。必以長杠貫穴。兩人擔之若藍輿。然今希朗之穴。僅容筆管。假令爲穿胸國大貴人。貫而擔之。則杠折而不可動矣。洵如傳者之言。則巨無覇。是龍伯國人。昭烈帝。是長臂國人。湘東王。是一目國人。王德用。是昆崙國人。希朗之旁。有崔孤雲畵像。巾袍雖是唐裝。顔髮恐不如是版俗。西有高阜曰學士臺。登此。可攬海印全局。左回右抱。北高南低。而急澗前奔。紙閘糓碓。沿水碁置。澗西高岸。又有精藍。名曰願堂。僧言哀莊王駐蹕之地也。仍坐藍轝。出紅霞門。峭峯削壁。夾澗而起。紅流洞, 落花潭。懸瀑停滙。白飛綠沈。樹石俱怒。烟霞欲皺。蒼壁鐫名。令人敗興。袁中郎所謂青山白石。無罪受黥。諒非虛語。東踰數嶺十餘里。始跨馬。向星州……

문창대

살아
생전에
놀다 가면
치원대고

바닷가
구름가에
거닐면
해운대고

시호가
내려진 뒤에
노닐던 곳
문창대고

※ 浮査先生文集卷之二 詩□七言古詩〈遊頭流山詩 幷序□ 癸亥〉

……有人束火來照之。黃昏走入法界刹。……東蹲世尊峯。石角如人立。西崎文昌臺。孤雲遺舊跡。人言石刻有仙筆。……

※ 勉菴先生文集附錄卷之三 年譜 壬寅。先生七十歲。

遂登頭流山。由碧溪菴文昌臺。上天王峯。賦聯句徜徉而下。

※ 勉菴先生文集卷之二 / 詩 / 天王峰

乾坤初闢在何年。準備頭流擎彼天。

層崖陰織春無盡。下界雲蒸晝欲眠。

瞻依日月頻回首。管轄山河揔俯前。

莫謂尋眞多別路。發源自有逝斯川。

환학대

청학을
불러 타고
창공을
선회하니

고운님
신선 되어
장생함이
맞는가

환학대
올라 부르리
청학이여
다시 오렴

※ 西岡遺稿卷之五 雜著〈頭流錄 南遊時錄〉
自雙溪上佛日至半嶺有大石刻喚鶴臺亦云文昌筆也昔文昌
喚鶴於此而靑白兩鶴飛舞於其上云

※ 西岡遺稿 西岡遺稿卷之一〈喚鶴臺〉
昔人喚鶴此高臺 人去臺空鶴不來
靑白兩峰依舊在 誰復喚起雲霄開

※ 燕巖集卷之十四□別集 / 熱河日記 / 避暑
辛丈敦復氏。嘗爲余言。中廟時南越。年十九登第。入文衡之
薦。而官至典籍。自幼多異蹟。每朝就學於塾師而多不至。家人
密踵之則路中逕入樹林中。有一精舍。主人淸雅絶塵。越趨拜
講質。必日昃而歸。家人詰之。輒詭對。後遂爲修鍊之術。及登
第。遭己卯士禍。謫谷城縣。仍止家焉。一日。送奴持書入智異
山靑鶴洞。有彩宇極精麗。有二人焉。一雲冠紫衣。一老釋。終
日對某。奴留一日受書而還。奴始以仲春入山。草樹方榮。及出
山。乃見野中穫稻。怪問之。卽九月初也。及越卒。年三十。擧
柩甚輕。家人啓視之。空棺也。題其內云。滄海難尋舟去跡。靑
山不見鶴飛痕。村前耘田者。聞空裏樂聲。仰見。南越騎馬。冉
冉在白雲中矣。忠州進士南大有。其旁孫云。

※ 守庵先生遺稿卷之一 / 詩 / 靑鶴洞
孤雲唐進士。初不學神仙。
蠻觸三韓日。風塵四海天。

英雄安可測。眞訣本無傳。

一入名山去。淸風五百年。

※ 霽湖集卷之九 / 詩話 / [朴守菴詩格高意玄]

朴學官守庵 枝華。儒者也。其於詩非專門用力。而時時寓興
之作。格高意玄。人莫能及。其詠崔孤雲詩曰。

孤雲唐進士。初不學神仙。

蠻觸三韓日。風塵四海天。

英雄安可測。眞訣本無傳。

一去留雙鶴。淸風五百年。

深味之。有不盡底意思。

※ 惺所覆瓿稿卷之二十五□說部四 / 惺叟詩話 / [朴枝華靑
鶴洞詩]

朴守庵遊靑鶴洞。作詩曰。

孤雲唐進士。初不學神仙。

蠻觸三韓日。風塵四海天。

英雄那可測。眞訣本無傳。

一入蓬山去。淸芬八百年。

淵悍簡質。有思致深。得杜,陳之體。

※ 畸庵集卷之五 / 七言律詩 二百二十七首 / 靑鶴樓

三韓方丈神仙窟。水石自然淸且幽。

孤雲一乘靑鶴去。雙谿萬古高名留。

歲久苔侵碑上字。秋深月滿寺南樓。

苦吟終夜不成寐。塵土十年空白頭。

※ 孤雲先生文集 / 靑鶴洞碑銘【鄭東溟】

曰：若高麗、百濟、新羅，國雖一域；粵有蓬萊、瀛洲、方
丈，山則三神。積氣扶桑，篤生奇異。嗚呼！檀木之眞人一
去，空餘太白之山；東明之麟馬不返，只有朝天之石。上古之
玄風已遠，長生之秘計無傳。而況國徒尙干戈戰爭，論詩作賦
之士，寥寥不聞；人不知道德文章，走馬控弦之輩，滔滔皆
是。吾其左袒矣，海東無章甫之儒；文不在茲乎，嶺南降瑚璉
之器。勵鈗刃於學海，樹旗幟於詞林。

公姓崔，諱致遠，號孤雲。生應天命，家有祥瑞；陸出蓮
花，質稟海嶽。才超秦、漢，學《堯典》、《舜典》之文章；禮變
齊、梁，振《周南》、《召南》之雅頌。光焰萬丈，若列明月之珠；
律呂相和，似奏勻天之樂。動蛟龍於紙上，集風雨於毫端。渤
海波濤，仍健筆而益壯；扶桑日月，得高名而重光。

僻處三韓，每歎山河之隘；仰視八極，欲窮宇宙之寬。豈居
陋巷柴門，將展桑弧蓬矢？東浮滄海，卻逐漢使之槎；北學
中原，更悅周、召之道。始知冀郡有馬，莫謂秦國無人。魯庭
經過，慕季札之觀樂；蜀橋來渡，學相如之題名。

齒雖弱冠，才雄多士。天門射策，紫極之皇帝知名；幕府飛
賦，綠林之盜賊屈膝。聲聞四海，石友贈儒宗之歌；飛上九
天，金丞遷翰林之職。顧非王仲宣之士，仍奏楚執圭之吟。仙
骨出塵，方朔之星精下降。錦衣還國，老聃之紫氣東來。國人

歎其奇才，女主授以貴職。

值國朝之多艱，恨我生之不辰，吾道未展，所蘊難伸。列宿高峯，往來於銀河、巫峽；青松黃葉，歎息於鵠嶺、雞林。閶闔浮雲，空流賈生之涕；風塵世俗，誰知伯牙之音？燈前萬里之心，物外千山之夢。紅塵眯目，挂衣冠而長歸；紫芝療飢，向林泉而高臥。

一溪松竹，半掩月影之臺；萬壑烟霞，遙連青鶴之洞。卻忘物我，正如伏羲之民；不知死生，悅在華胥之野。登高邱而清嘯，臨碧流而長歌，彼何人斯？吾喪我也。心通玄牝，自得衆妙之門。藥鍊金丹，更續參同之契，養形神於物外。熊經鳥伸，脫軀殼於人間，蟬蛻龍變，不食五穀，吸風露而喫瓊華。揮斥八區，乘雲氣而騎日月，揖子晉於緱嶺，訪廣成於崆峒，至人無名，混萬象而同體，神氣不變，曠千載而猶存，出入不知端倪，變化難窮終始。雲山古迹，不沒上書之庄；樂府遺音，尚傳《伽倻》之曲。

嗚呼！上自公卿宰相，下至士庶兒童，莫不誦先生之姓名，想先生之風彩。若非道德過人者，安能景慕如是乎？惟我國家，接于遼羯，若稽自古，爲文幾人。朴堤上之忠誠，烈士而已；金庾信之英傑，文章則無。

惟先生通塞過之詞源，闢荒昧之學海。掛秦鏡於宮殿，五臟皆見；揮禹斧於山川，九州始定。東方之氣習一變，國以扶持；北極之星辰爲宗，人皆瞻仰。是以，配公于聖人廟，諡公以文昌侯。流聲千萬餘年，比肩七十高弟。慕先聖德，至今祀之，使後世知，其誰功也？

94

余濠梁《秋水》，憶莊生之胥襟；穎川清風，夢許由之氣像。讀劉向傳，誦屈原辭。石門嵯峨，撫古今而長歎；雙溪清淺，訪隱逸之遺蹤。先生之風，山高水長。

완폭대

청학동의
불일폭포
완상하는
완폭대

환학대도
완폭대도
고운의
친필이라

그렇게
두류사랑하나
가야산에
간 까닭은

題玩瀑臺
崔孤雲書玩瀑臺三大字於石上刻之。字畫分明。

我來玩瀑臺。
孤雲留筆跡。
鶴去已千年。
空令後人憶。

취적대

삽바위여
삽암이여
누구 놀던
자취인가

최 학사
피리 불고
한 녹사
낚시하고

남명의
고려 취향에
모한대로
달리다

※ 南冥遊頭流錄。□瞥過岳陽縣。江上有鋪岩者。乃韓錄事惟漢之舊莊也。惟漢見麗氏將亂。携妻子來棲。徵爲大悲院錄事。一夕遁去。不知所之。

※ 慕韓臺 在岳陽面平沙里鋪巖 松南李世立 追慕韓錄事之意 刻慕韓臺三字 因記曰 余在流俗而嗜烟霞 生今世而泥軒冕 是以或登山臨水則慕安仁 或撫松昕柯則思元亮 未嘗不因物懷古 隨處想賢也 一日自陶灘到鋪巖之上而風嘯焉 鋪巖者 高麗隱士 韓公惟漢之舊居也 神宗甲子 公見權要濁亂 携妻子來棲而題是巖曰取適臺 其厭塵自遁 潔身自適之意 槪可想像矣 後徵爲大悲院錄事 則一夕遁去 不知所之 只有一絶詩曰 一片絲綸來入洞 始知名字落人間 蓋其高尙淸風 無愧於箕穎之巢許也 臺之高十餘丈 水之環臺者 渟滀百廻 西去岳陽亭 北去萬壽洞 各距十里 而僻在南陬之荒遠 然凡東西之行過河南者 必詢是臺而指點之 鋪巖之擅於南州者 以其人也 按南冥先生頭流錄 戊午孟夏 溯蟾津江 過是臺而呼酒引滿 長息而去 蓋因地慕賢者 賢愚所同 而今慕其人而仰其德 仰其德而想其蹟 則今距公六百九十有九年 而只恨文獻之無徵也 余雖材疎文拙 常嘆公之泯沒無傳 故掃其下 而續題曰慕韓臺 敬次一絶詩以寓景仰之思云爾〈河東誌續修 余琮燁〉

※ 老村集卷之一 錦城林象德彝好著 詩□五言律詩〈取適臺〉
임상덕林象德 1683년 (숙종 9) ~ 1719년 (숙종 45)
千秋韓錄事。先我此來尋。有悟濠魚樂。無機沙鳥心。避人方丈遠。卜地洞庭深。日落長洲暮。空爲梁甫吟。

※ 梅泉集卷二 長水黃玹雲卿著 詩口乙未稿〈孤雲吹笛臺有感〉

國末難容䚿縱才。鷄林黃葉足興哀。仙家何管興亡事。勤向新朝獻識來

※ 秋帆文苑原集卷四／史林下口叢文三十／高麗韓錄事遺墟碑 庚午

有千丈危石斗臨於岳陽縣江干者曰錙巖高麗錄事韓 公諱惟漢考槃之所也公生於麗末見宗社將亡一朝挈 妻子入智異山常棲息於德川江上後徵以大悲院錄事 其夜逃去不知所之後人指其棲息處爲絲綸洞云此地 蓋公垂釣處故謂之取適臺湖山淸曠煙雲縹緲左右峯巒出沒於鷗波浩蕩之中可以充然頤養浩然發舒而不 知世間所謂毀譽懽戚榮悴得喪之爲何物玆其所以爲 取適也歟今距公之世五百有餘年其爲人不可詳然蓋 有才行可以尊主而庇民非特可一鄉足一官而已也然 而澹乎不屑超乎高舉葩跡於江海之上抗志於塵壒之 表其淸風峻節濯濯灑灑人耳目所謂千頃水面月者非邪 嗚呼南冥先生以公媲美於鄭文獻趙承宣目爲三君子 其所寓慕而賞音者可謂茂以尚矣然文獻承宣卒不免 竄逐磔屍之禍而公則先幾遠引滅跡於泓峥窅芒之間 而以天年終大雅之旣明且哲以保其身非公之謂歟頃歲當地有志紳士盧君泰鉉等三十餘人恐世愈嬗而懿 蹟之泯泯也乃相與發起一社每歲用春三之念秋九之 望齊會于此秩秩觴詠追慕昔人之遺

100

風將立碑紀蹟以 垂範於來後信乎其嫩舉也諸公馳書索文於余
余風壒 迨遯初不暇入思因循忘之迺者南遊沿蟾江至臺前徘 徊
感慨悵然久之諦視近有李公世立者更刻慕韓臺三 大字於石面
而無紀蹟碑因憶昔年索文之事歸而檢諸 篋中得書惘然益不禁
慕仰之忱聊識所感以歸之

청학대

지영 스님
능민 스님
고운님과
어울리지

청학 타고
오셨나
청룡 타고
임하셨나

신선은
학 타고 노시니
여기가
선경이지

※ 경남 사천시 곤명면 다솔사. 右顧靑鶴臺。循湧井而東。石門
峭竪。崇於人三之。相傳崔文昌與知英, 能敏二釋子。盤旋而樂
之者也。〈希菴先生集卷之二十四 昆陽知異山靈嶽寺重建碑〉
채팽윤蔡彭胤 1669(현종 10)~1731(영조 7)

남일대

하늘재
외로운 구름
삼천리
흘러가다

바다 구름
달그림자
소미성 별
빛나다

남녘에
빼어난 석대
우국 은자
서성이다

※ 남일대해수욕장南逸臺海水浴場 신라 말엽의 학자 고운孤雲 최치원崔致遠이 이곳의 맑고 푸른 바다와 해안의 백사장 및 주변의 절경에 감탄하여 남일대라 명명하였다고 한다. 경상남도 사천시 향촌동에 있다.

최치원 선생 32대 후손 최상화(청와대춘추관장역임)가 남일대보존회를 설립하여 후손들과 사천 시민의 뜻을 함께 모아 고운 최치원 선생 남일대 유적비를 건립하였다. 2012년 6월 14일 오전 11시 제막식 개최.

월영대

무슨 한이
그리 많나
이태백은
한의 시인

밝은 달
불러 앉히고
그림자와
짝하고

고독의
한을 술 빚어
삼천 배를
마시다

※ 四佳詩集補遺一 詩類□東文選〈月影臺〉

月影臺前月長在。月影臺上人已去。孤雲騎鯨飛上天。白雲渺
渺尋無處。孤雲孤雲眞儒仙。天下四海聲名傳。高駢幕下客如
織。才氣穎脫黃巢檄。顧雲學士詩告別。文章感動中華國。東
還時運何崎嶇。鷄林黃葉寒颼颼。英雄失志知何爲。永與綺皓
相追隨。伽倻山中藏鳴湍。海雲臺上騎笙鸞。江南山水牢籠
畢。江南風月無閑日。一自孤雲去不還。萬古自如唯江山。今
人空自說孤雲。幾人得見孤雲墳。飛昇已作上界仙。桑田滄海
今千春。我來擧酒酹西風。欲喚孤雲一笑同。摩挲短碣立斜
陽。孤雲不來空斷腸。

※ 李太白 月下獨酌

花間一壺酒 獨酌無相親

擧杯邀明月 對影成三人

月旣不解飮 影徒隨我身

暫伴月將影 行樂須及春

我歌月徘徊 我舞影零亂

醒時同交歡 醉後各分散

永結無情遊 相期邈雲漢

※ 梧峯先生文集卷六〈月影臺記 臺在檜山〉

方丈一支。落而東走三百里。蜿蜒磅礴。雄峙而鎭于合浦之
西南者。斗尺山也。南海之水。入於兩崖之間將三十里。而朝

于昌之境者。馬山浦也。山而東南其麓。浦而西北其涯。臺於其中。高可數尺。大可坐三十餘人。中有碑。字訛而不可認。下有立石。書月影臺三字。登臺而望之則斗尺之盤旋。盤龍之料峭及熊之諸山。笱聳簪抽。螺髻蛾眉者。皆若拱揖。而猪島秀出乎鏡面。如奇獸之臥。政與臺相對。崔學士孤雲遊賞地也。癸丑之歲。余蒙恩假守會昌。……

諺曰孤雲之父宰文昌。而孤雲生於郡長於郡。築是臺而遊詠。語雖無徵。而幼年立腳則未必非從父來郡之日。而平生得力之地。其在是臺歟。汝從我遊。適與相類。記此說勉汝學爲孤雲於萬一云。月日記。

오봉梧峯 신지제申之悌 1562(명종 17)~1624(인조 2)
광해군 5 1613 계축 萬曆 41 52 가을, 昌原 府使가 되다.

※ 晚慕遺稿卷之一 詩〈月影臺〉
似見孤雲子。文昌尙有臺。滄波天地在。明月古今來。石沒題時字。壇生坐處苔。朗吟山日晚。停蓋久徘徊。

似見孤雲子。文昌尙有臺。
滄波天地在。明月古今來。
石沒題時字。壇生坐處苔。
朗吟山日晚。停蓋久徘徊。

臺在文昌縣舊地。世傳崔孤雲兒時所遊處。古有孤雲題詩石。今陷入地幾半。而字陲不可識云。

만모자晚慕子 정기안鄭基安 1695(숙종 21)~1775(영조 51)

영조 15 1739 기미 乾隆 4 45 6월, 지평이 되었으나 나아가지 않
다. ○ 9월, 慶尙道 都事가 되다.

※ 竹陰先生集卷之四 / 五言律詩 上

〈龍堂津遇風波。贈主倅李君。蓋往年冬。與李君作別於此
地。而適近群山月影臺下。故第四五云。〉

海口東風急。連天巨浪洶。危途輕性命。深壑舞魚龍。涉難
同今日。傷離劇往冬。孤雲應笑我。何事尙塵蹤。

海口東風急。連天巨浪洶。

危途輕性命。深壑舞魚龍。

涉難同今日。傷離劇往冬。

孤雲應笑我。何事尙塵蹤。

고운대

한 조각
바다 구름
멧부리에
걸려 있다

파란 하늘
하얀 구름
덩그러니
떠 있다

여기에
올라서 보니
내 마음도
외롭다

※ 新增東國輿地勝覽卷之三十二 慶尙道 昌原都護府【山川】
斗尺山。在會原縣。峯上有孤雲臺。在月影臺北五里。

※ 太乙菴文集卷之五 / 記 / 昌原鄕校興學記 己酉
崔文昌爲東方文章之祖。而生于昌。昌之江山精英之氣。奚
獨鍾於古而索於今耶。梁使君塤視篆于昌。下車之初。趁謁聖
廟。顧瞻咨嗟。三門之圮者亟新之。慨然有興學之志。設場試士
而拔其尤。設文會于黌堂。使之隷業。出捐俸金。給其廩餼。於
是子弟有所歸。而鞠園居然絃誦矣。又以百金留付校中。以其子
錢爲春秋試士之資。其於勸課之道。豈不爲悠久可繼者耶。噫試
使當世士大夫有長民責者。捨却歌酒流連之費。不爲子女玉帛
之計。而分廩養士。爲讀書人依歸之地。則擧一世爲武城絃歌
也。昌之人士。亦當以賢侯之心爲心。而孳孳相勉。彬彬可
觀。然後爲不負梁侯。亦不負崔文昌生長鄕矣。是爲記。

청룡대

신라시대
문호의
친필 각석
보호구역

보물이
고인 물에
침식되어
손괴되리

청룡이
손바닥만 한
도롱뇽만
못한 대접

※ 李秉賢 金海邑誌 [誌] 古蹟

青龍臺 在菉山面松亭里前崔孤雲先生釣臺有筆跡云爾

仙巖 在菉山里崔孤雲先生遊賞所

해운대

한 조각
뜬구름은
원효의
탄식이고

한 조각
바다 구름은
고운의
취향이라

구름이
흘러가는 대로
발걸음도
흘러가다

※ 秋江先生文集卷之四〈遊海雲臺序〉

前皇唐都統巡官, 承務郞, 侍御史, 內供奉, 賜紫金魚袋崔致
遠。字孤雲。謚文昌。才高志秀。不偶於鄕。入唐登第。仕至翰
林供奉。從將軍高騈擊黃巢。手自艸檄。黃巢破。唐室危。乞骸
骨東還。適値鷄林黃葉。世道崎嶇。遂放情自晦。膏肓泉石。遊
遨終其身。其所寄迹者。伽倻山海印寺。智異山靑鶴洞。昌原
府月影臺。梁山郡臨鏡臺。東萊縣海雲臺乃其地。余嘗身歷而
目擊之。

임경대

거울같이
맑은 물에
맑은 마음
비치네

마음만
맑으면 뭐 해
나라는
혼탁한데

야속타
저 맑은 속에
속 타는 건
백성인데

※ 孤雲先生文集卷之一〈黃山江臨鏡臺〉

烟巒簇簇水溶溶。

鏡裏人家對碧峰。

何處孤帆飽風去。

瞥然飛鳥杳無蹤。

치원대

청량산은
우리 집 산
퇴계의
선언이지

그보다
천 년 전에
고운이
차지했지

구름을
쓸어버리면
육육봉이
품 안에

※ 新增東國輿地勝覽卷之二十四 慶尙道 安東大都護府【山川】淸凉山。致遠峯 在淸凉山 崔致遠讀書於此。故名。

※ 武陵雜稿卷之三□原集〈致遠臺〉

衆峯爭露金生法。孤月猶懸致遠心。三宿山中人不見。千秋臺上獨霑襟。

※ 武陵雜稿卷之七□原集 雜著〈遊淸凉山錄〉

……彼金生窟。彼致遠臺。此後有元曉寺。西有義相峯。昔者。四聖人居是山。結爲道友。往還游息於斯云。余應之曰。元曉。新羅中葉僧。金生，義相。亦皆羅產而異世。最後者崔孤雲。其生在羅末。安得相從。爾無以瞽說罔我。自此釋徒不得發誕厖。……入克一庵。登石梯。有老松千尺。大可十圍。風穴在庵後。極險絶。李愿輩先登。余與仁遠繼之。穴口有二板。傳云崔致遠所坐圍棋之板。板在窟中免雨。故能千載不腐。穴深不可測。迥臨碧虛。仁遠令笛者。吹步虛子。又使諸生。或歌或舞。歌笛爭競。響落半空。一行歡甚。遂訪致遠庵。飮聰明水。水在崖泐。滿石坳。瀅若明鏡。冽如冰雪。當不讓康王水簾。然致遠十二入唐。豈歜此而養聰耶。以致遠所歜。遂得聰明之號。爲可笑也。

119

풍혈대

선도를
수련하여
몸이 덥긴
더웠나 봐

빙혈과
풍혈에서
달군 몸을
얼구었나

세상일
열나게 하여
천불 난 속
식히었나

※ 退溪先生文集卷之三 詩〈次韻惇敍風穴臺, 金生窟。二絶。〉

中夏盛名馳百代。海東晚節放高懷。一床巖穴人猶敬。灑灑仙風襲杖鞋。

蒼籀鍾王古莫陳。吾東千載挺生身。怪奇筆法留巖瀑。咄咄應無歎逼人。

※ 退溪先生文集攷證卷之二 第三卷詩〈次韻惇敍云云〉

風穴臺 在淸涼外山。亦名孤雲窟。窟有木榻。謂之孤雲榻。

난가대

고운님
신의 한 수
도끼 자루
썩고 있네

청량산
난가대는
김생과
바둑 두고

다사읍
난가대에선
누구하고
대국하나

※ 五洲衍文長箋散稿)〉經史篇 / 論史類〉人物〉[1115] 金
生事實辨證說

安東淸凉山。有三十六峯。自太白下野。而結峙於禮安江
上。自外望之。只土巒數朵耳。渡江入洞府。四面石壁。周回皆
丈尋。山石奇險。不可名狀。內有爛柯臺。卽崔孤雲奕棋處。有
石如方罫。有蓮臺寺。寺多新羅金生親筆所書佛經。其他寺
刹。亦有之云。

※ 新增東國輿地勝覽卷之二十六 慶尙道 大邱都護府【佛宇】
仙槎菴 在馬川山 菴傍有崔致遠洗硯池

※ 輿地圖書 下(한국사료총서 제20집)〉慶尙道〉大丘〉寺刹
仙槎菴 在馬川山 菴傍有崔致遠 洗硯池 爛柯臺 武陵橋 後建
伊江書院

부석대

고운 같은
문장 대가
의상전을
지으며

사전에
부석사를
답사하지
않았으랴

태백산
영역의 봉황산
청량산도
한달음

※ 新編諸宗敎藏總錄卷第一

賢首傳一卷

浮石尊者傳一卷 已上 崔致遠述

※ 三國遺事 義湘傳敎

法師義湘 考曰韓信 金氏 年二十九依京師皇福寺落髮 未幾
西圖觀化 遂與元曉道出遼東 邊戍邏之爲諜者 囚閉者累旬 僅
免而還(事在崔侯本傳 及曉師行狀等)永徽初 會唐使舡有西還者
寓載入中國 初止揚州 州將劉至仁請留衙內 供養豊贍 尋往終
南山至相寺 謁智儼 儼前夕夢一大樹生海東 枝葉溥布 來蔭神
州 上有鳳巢 登視之 有一摩尼寶珠 光明屬遠 覺而驚異 洒掃而
待 湘乃至 殊禮迎際 從容謂曰 吾昨者之夢 子來投我之兆 許爲
入室 雜花妙旨 剖析幽微 儼喜逢郢質 克發新致 可謂鉤深索隱
藍茜沮本色 旣而本國承(丞)相金欽純(一作仁問) 良圖等 往囚
於唐 高宗將大擧東征 欽純等密遣湘誘而先之 以咸享元年庚
午還國 聞事於朝 命神印大德明朗 假設密壇法禳之 國乃免 儀
鳳元年 湘歸太伯山 奉朝旨創浮石寺 敷敞大乘 靈感頗著 終南
門人賢首撰搜玄疏 送副本於湘處 幷奉書慇懃 曰......(文載大文
類) 湘乃令十刹傳敎 太伯山浮石寺 原州毗摩羅 伽耶之海印 毗
瑟之玉泉 金井之梵魚 南嶽華嚴寺等是也 又著法界圖書印幷
略疏 括盡一乘樞要 千載龜鏡 競所珍佩 餘無撰述 嘗鼎味一臠
足矣 圖成總章元年戊辰 是年儼亦歸寂 如孔氏之絶筆於獲麟
矣 世傳湘乃金山寶蓋之幻身也 徒弟悟眞 智通 表訓 眞定 眞藏
道融 良圓 相源 能仁 義寂等十大德爲領首 皆亞聖也 各有傳

眞 嘗處下柯山 寺 每夜伸臂點浮石室燈 通 著錐洞記 蓋承親

訓 故辭多詣妙 訓 曾住佛國寺 常往來天宮 湘住皇福寺時 與徒

衆繞塔 每步虛而上 不以階升 故其塔不設梯磴 其徒離階三尺

履空而旋 湘乃顧謂曰 世人見此 必以爲怪 不可以訓世 餘如崔

侯所撰本傳

※ 唐大薦福寺故寺主翻經大德法藏和尙傳

　海東新羅國侍講兼翰林學士承務郞前守兵部侍郞權知瑞書

監事賜紫金魚袋 崔致遠撰

　……于時天復四春 枝幹俱首 於尸羅國迦耶山海印寺華嚴院

避寇養痾 兩偸其便 雖生下界幸據高齋 平楫群峰夐抛世路 而

所居丈室密邇蒙泉 韶光煦然 潤氣蒸兵 衣如遊霧露 座若近陂

池 加復病躬目勞[3] 燒灸 是使揲闥華水窓霏艾煙厭生 而或欲梵

軀志問疾者多皆掩鼻有誰逐臭 空漸海畔一猶 無所竊香莫遂山

中三嗅 及修斯傳自責 增懷傷手足虞舍毫不快 欻聞香氣郁烈

有餘斷續再三尋無來所 誰料贏君歸載變成苟令坐筵 時有客僧

持盈亦言 異香撲鼻 春寒劇嚏因爾谿然 僕旣勇於操觚 僧亦忻

於▼(門*聶)黧 斯豈掇古人芳跡播開士德馨之顯應乎 傳草旣

成 又獲思夢覘一緇叟執一卷書而曉愚曰 永徽是永粲元年也

劃爾形開試自解曰 此或謂所撰錄永振徽音長明事跡 始於令日

故擧元年者耶 然而深恐誑聞莫排疑網 適得藏大德遺像供養因

削二短簡書是非二字爲 擲影前取裁再三 是字獨見 心香所感

口訣如聞 古德旣陰許非非今 愚乃陽增病病不爲無益聊以自寬

126

或人不止戄然且爐胡曰 子所標證說春夢可乎哉 愚徐應曰 是身非夢歟 曰是然則在夢而欲黜夢 其猶踐雪求無迹入水願不濡者焉 書不云乎 有大夢然後有大覺 如睡夢覺故名佛也 抑且王者乾坤謫見每愼方來 庶人以晝夜魂交能防未兆 譬形端影直豈心正夢邪 人或不恒巫醫拱手苟冥應悉爲虛妄念大亦涉徒勞耶 聞昔尼父見周公高宗得傳說信相 金鼓普眼山神皆託靈遊能融妙理 故兩朝僧史亦一分夢書 況聖敎東流本因睡感 從昏至說 出假入眞 今也出則窘步樵原 入則酣眠燼室 暫息淒淒之歎 宜從栩栩之遊 客旣溺客之笑容 予乃宰予之睡興 因憶得吳中詩叟陸龜蒙斷章云 思量浮世何如夢 試就南窓一寐看 於是乎擲握筆引幽枕 遠尋宰予我 近訪邊孝先 瞥遇二賢各吟五字 曰糞牆師有誡 經笥我無慚 僕於恍惚中續其尾云 亂世成何事 唯添七不堪二十卷云

승가굴

북한산은
아니다
삼각산이
바르다

수태 스님
깎아 만든
승가대사
등신불

고운님
올라가 보고
느껴보고
글 쓰고

※ 案崔公致遠文集。昔有新羅代狼迹寺 僧秀台。飫聆大師
之聖跡。尋選勝于三角山之南面。開巖作窟。刻石摸形。大師
道容。益照東土。國家 如有乾坤之變。水旱之災。凡所可疑之
事。禱以禳之。無不立應。〈東文選卷之六十四 三角山重修僧
伽崛記[李預]〉

백운대

흰 구름
뭉게구름
외롭지
않으리

왕명을
받들어
비문 짓는
득의 시기

외로운
구름 아니고
높은 구름일
터이리

※ 楓溪集卷之下〈幻寂堂大師行狀〉환적당幻寂堂 1603～
1690

師諱義天 字智鏡 號幻寂 俗姓文氏 善山人也……年六十六
壬寅秋 來住慶尙道聞慶縣羲陽山鳳岩寺過冬 明年癸卯春 寺
之西里許 白雲臺 乃崔孤雲所嘗遊賞處也 川明石白 恠石嵓嵓
川邊有天削立石五丈許 顯刻彌勒像 因立記事碑文 文乃驪興
閔判書所撰也 碑下建幻寂庵 因過夏

※ 楓溪集卷之下 / 普濟登階大師行狀
師諱明晉 字醉月 楓溪其號也 俗姓朴氏……十一歲庚寅 從
僧入江原道春川慶雲山淸平寺養神菴 投幻寂堂義天大師剃髮
明年歸寧 親欲還俗 威慈吼誘終不奪志 悄然垂淚曰 任爾爲之
至十三從師 入金剛山 謁鞭羊之上足楓潭堂義諶大師處 門下
十餘載 學經論盡傳其道 及楓潭違和 入寂茶毘 乞舍利五顆 分
藏立塔樹碑 將其所受中未透處 質問於龍門山法兄霜峰堂淨源
大師 講論累年 尙有餘疑 又質之於五臺山晴峰堂首英大師 居
六年 括盡疑曀 仍有遊方之志……至康熙壬戌之春 自雲達山
移入伽耶山海印寺 奉父師兩老事之如一 而淹留累年 不移他
山者 盖兩老曾有終身之願故也 至庚午八月二十六日 幻寂堂
入寂茶毘 乞舍利七枚并超骨八所樹塔 親製行狀 明年正月二
十五日 嚴親捐世 靈瑞累日不滅焉 慈親師十歲前已逝 爲幻寂
樹碑計 請碑文于驪興閔相國黯 倩筆于福川吳判書始復 拮据
經理 竭盡心力 而役鉅魔戲 終未成功 豈非沒身之恨乎

고운대

정자는
쓰러지고
마을 이름
새기고

검단산서
금단 굽고
신선봉서
선인 놀고

여기도
속리산 자락
고운 자취
점찍고

※ 柏谷先祖文集冊五〈後雲亭記〉金得臣 1604～1684

上黨之東黔丹山之下。有斷麓。其名曰孤雲臺。長川自劍峯直下。抱臺而流。臺之左右岡巒岸。山額羅列。前郊平闊。亦勝致也。昔崔孤雲愛山水。遊於是臺。而臺得孤雲之名。當其時孤雲自名之耶。后人慕孤雲名之耶。

元九謂我曰。彼水邊突兀者。喚仙臺。彼臺之側倚半空者。落月峯。彼尖簾者。伽倻峯。彼翠石盤陀者。喚鶴壇。彼穹窿者。橫琴峯。孤雲曾所遊而無不可觀可愛。故吾作亭於此。欲送餘年。

홍석기洪錫箕 1606(선조 39)～1680(숙종 6) 본관 남양南陽, 자 원구元九, 호 만주晩洲, 후운後雲

※ 晩洲遺集卷之六 / 記 / 後雲亭記

撿丹山迤西數百步。有斷麓焉。其狀龜如也。其頭枕水。亭其上而名之曰後雲亭。亭之主人曰晩洲翁也。盖亭之地。以孤雲臺呼之。其來古矣。意者文昌公崔致遠其字曰孤雲。留眼於此耶。文昌東國文章之祖也。其年十二入中國。早闡高科。爲翰林供奉。名動天下。二十八東歸不樂仕。於新羅之季。放浪自得。湖山佳處。跡無不到。其所登臨之地。有得孤雲之名者多矣。斯亦杖屨所過也。文昌之去也今已千有餘年矣。而余得此地而居焉。名斯亭曰後雲。豈非溪山前後之遇也。

유상대

나라의
현묘한 도
풍류도를
깨치고

천고의
풍류를
유상대에
재현하고

흐르는
술잔 집기 전
시를 읊고
마시고

※〈流觴臺懷古〉臺在泰仁古縣。卽崔孤雲所游。

八百年前跡。雙溪岸上臺。海雲今杳杳。誰說九龍來。

英宗乙卯大水。石灘庵僧適夜望見。臺畔光明如畫。九龍蜿蜿。若有金冠玉佩人往來。人異之。咸謂孤雲復到云。〈頤齋遺藁卷之一〉황윤석黃胤錫 1729(영조 5)~1791(정조 15)

※ 迂齋集卷之五 / 記 / 泰仁流觴臺碑記 / [趙持謙]

泰仁卽新羅之泰山郡。文昌侯崔公舊所蒞也。郡西數里。有巖盤陀。巖下流水環回。文昌每觴詠於斯。倣逸少故事。至今父老相傳爲流觴臺。歲久荒廢。余友趙使君子直視篆之暇。逍遙乎臺上。悠然有曠世之感。累石增築。豎小碑以識之。屬余爲記。頃年余爲吏楓岳下。地稱神仙窟宅。思一修飾而未暇。及子直其多乎哉。余惟文昌生星一周。涉海萬里。未弱冠。擢大唐嵬科。踐霜臺入金門。天下已爭知之。及其從事轅門。磨墨楯頭。使販鹽老賊魄褫膽落。眞所謂賢於百萬師矣。以其高才盛名。捲而東還。推出緒餘。亦足以維持一邦。顧乃沈淪銅墨。若梅子眞。終焉浮游方外。自托於羨門之屬何也。噫。公之生世不辰。入中華則亂離瘼矣。歸故國則危亡兆矣。道不可行。身且難容。以此飄然遐擧。蟬蛻棼濁。誦紅流一絶。未嘗不三復而歎憐其志焉。想其婆娑倘佯於是地也。感慨係之者。豈但俛仰間陳迹而已哉。公之淸風逸韻。溢於宇宙之間。而知其志者。蓋亦尠矣。夫地之重與輕顯與晦。未嘗不由於人。古人有言蘭亭茂林。不遇逸少則不傳。余亦云是臺水石。得文昌而始彰。而千有餘年。又得子直增修而表揚焉。玆豈非有待於其人歟。不知是後繼子直而修者誰也。

※ 滄溪先生集卷之二 / 詩 / 詩山懷古

千載孤雲去不廻。至今香撥有餘哀。多情夜夜詩山月。空照
流觴曲水臺。

※ 流觴臺重修記

肅廟壬戌之秋 季祖東岡公 莅是邦 翌年冬 以持憲還于朝 視
政周歲 治化大行……余之於甲寅冬 來守玆土 行過其下 見有
荒臺……至翌年有秋 而民憂少紓……迺於粵明年 謀諸臺傍人
士之好古者……歲戊午季春 豊城趙恒鎭記

※ 태인현감 선생안

조항진趙恒鎭 1794년 갑인년 정조 18년 11월 도임, 1799년 기미
년 정조 23년 6월 만료.

※ 泊翁詩鈔卷之五 完山李明五 士緯 著 / [詩]○辛未海行錄
/ 沈小楠 能淑 爲泰仁宰。寄詩與酒錢。謝之。

老去未曾置後期。使君佳句起相思。移來蘭洞吟詩處。那及
楠園把酒時。遠夢悠揚隨月影。芳遊迢遞贈花枝。靑銅五百終
嫌少。憨醉其餘摠不知。

※ 태인현감 선생안

심능숙沈能淑 1832년 임진년 순조 32년 1월 도임, 1835년 을미
년 헌종 1년 8월 체직.

136

※ 秋齋集卷之五 漢陽趙秀三 芝園 著 / 詩

詩山。古泰山郡也。崔孤雲嘗出守。而流觴臺遺跡尙在。州人立祠祀之。今使君小楠沈公將徧葺桂苑筆耕及伽倻石間所得詩文。合刻而壽其傳。余喜賦此詩以呈。使君與余。盖數十年神交也。

行至泰山郡。神交欣捧袂。座有東州客。心契自束髻。
靡靡慰征邁。把酒燈火細。虛舘憺晨興。僮使訊不替。
荷池轄云投。藿墿駒已繫。明府靑雲士。我生幸竝世。
朱欄逈淸晝。方秋積雨霽。沃野秀稻粱。磽田被綿穄。
經史引剖判。訟牒門無滯。文章繡爲心。治聲錦可製。
指點孤雲祠。筆耕推絶藝。唐季昔板蕩。斯人獨蟬蛻。
抱琴歸故山。躡雲窮神詣。遺文若碎金。散落今千歲。
蒐奇及巖岊。剞劂將告勩。公心出愛才。一聞雙垂涕。
曩年入紅流。褰裳攀松桂。朝暮如可見。古今竟莫逮。
那知素耿想。乃在炎海澨。親朋滿華中。書成詫舊際。

※ 警修堂全藁冊二十七 東陽申緯 漢叟 / 覆瓿集五 庚子十一月。至辛丑三月。/ 挽沈泰仁 能淑

庚子日斜驚訃至。文星運厄哲人亡。苔岑契在交情淡。車笠盟敦陋室光。

烜爀恩榮早遇主。捿遲仕路竟潛郞。題詩送輀西門路。哀淚淋浪獨自傷。

월연대

마산의
월영대는
절대 고독
달램터

태인의
월연대는
달의 정기
들임터

밤에는
신선수련하고
낮에는
풍류 즐겨

※ 武城書院誌上

院誌：武城書院 古泰山祠宇 而蕭廟朝丙子 蒙額之號也 盖泰仁縣 即新羅泰山郡 而

文昌侯最先生 視篆之邑

山有伽倻詩山

臺有月延流觴

先生杖屨觴詠之所 而絃歌遺風 百世不泯 鄕人立祠于月延之下矣

자천대

옥구에서
태어나고
흥산에
묻히고

역사의
거물인데
생몰은
안개 속

자천대
붉은 벼랑 위
만경창파
바라보고

※ 新增東國輿地勝覽 卷之三十四 全羅道 沃溝縣

【樓亭】紫遷臺 在西海洋 地勢平衍 泉石可愛 世傳崔致遠所遊處

※ 淸臺先生文集卷之一 / 詩 / 杜山下一道八咏 / 紫遷臺

廢縣草因沒。荒臺石累層。孤雲曾有跡。輿地豈無徵。花木春空發。雲煙暮自興。何時理小艇。吊古一遊登。

※ 冠巖全書冊二 / 詩□茶墨餘言 / 送季中之任玉山

環山叢似玉。

知縣亦佳哉。

千寺餘金佛。寺在縣西。唐將蘇定方所建。

孤雲有紫臺。縣有紫遷臺。卽崔孤雲所遊處。

文仝饞渭竹。

何遜臥楊梅。縣有梅竹之産。

回首終南月。

那堪獨引杯。

월영대

월영대와
망경루
부자의 정
도탑고

달밤에
독서 소리
장안까지
들리고

돝섬에
금돼지 전설
소설 퍼서
더럽히고

※ 竹陰先生集卷之四 / 五言律詩 上 / 조희일趙希逸 1575년(선조 8)~1638년(인조 16)

龍堂津遇風波。贈主倅李君。蓋往年冬。與李君作別於此地。而適近群山月影臺下。故第四五云。

海口東風急。連天巨浪洶。危途輕性命。深壑舞魚龍。涉難同今日。傷離劇往冬。孤雲應笑我。何事尙塵蹤。

※ 大東地志 卷十一全羅道 古群山鎭 月影臺 鎭東十里 層峯奇岩 高礐簇立 峯山築石爲臺

윤거루

땅끝마을
서동사에
무슨 일로
오시었나

구름 속에
살려고
윤회 수레
멈추려고

죽음을
박차고 날아
신선 되어
머무나

※ 전남 해남군 금평리 서동사 최치원 창건설.

송풍대

가야산에
은거한
산수 취미
최고운

합천에만
갔겠나
산 둘레 다
가봤겠지

지나며
심은 그 나무
그 님 따라
갔겠지

※ 송풍대送風臺

경남 거창군 가북면 몽석리 72 명동마을 앞

이곳은 가북 몽석마을을 지나 용암리쪽으로 가는 도로변에 위치한다. 송풍대에는 수령 100여년 정도, 가슴높이의 줄기둘레 1.4~2.5m, 뿌리둘레 2.5~3.0m 되는 소나무가 6그루 있으며 그 외 잡목들이 자라고 있다.

또한 이곳은 고운孤雲 최치원崔致遠(857~?) 선생의 자취가 남아있는 곳으로서, 마을 어귀 동쪽에 최치원 선생이 894년(진성여왕 8년) 관직을 내놓고 지나면서 괴화나무를 심었다는 곳이다. 최치원 선생은 난세를 당하여 천하를 주유하다가 고견사를 거쳐 이 송풍대에서 휴식을 취하였다. 그뒤 괴화나무는 고사하고 그 자리에 소나무를 대신 심었다.

고운정에는 선생의 후손 봉기가 기록한 현판이 걸려있다. 정자와 비석을 1851년 세웠으나 그 후 정각亭閣은 폐각廢閣되고 비석만 남아 있다. 비에는 "문창후고운최선생수식수유허비文昌侯孤雲崔先生手植樹遺墟碑"라고 쓰여 있다.

가북면 몽석리 내촌 가북저수지 위 수도산록修道山麓에 고운정孤雲亭이라는 이름의 정자가 자리 잡고 있으며, 일명 송풍대送風臺라고도 한다.

3

천령음 21수

속함군태수 최웅

속함군태수
최웅이고
영충은
잘못이네

삼국사기
오독하여
여지승람
오기했네

누군가
한번 실수하면
수백 년
답습하네

※『三國史記』新羅本記 第十 憲德王 十四年 三月 熊川州都
督憲昌 以父周元不得爲王 反叛 國號長安 建元慶雲元年 脅武
珍 完山 菁 沙伐四州都督 國原 西原 金官仕臣及諸郡縣守令
以爲己屬 菁州都督向榮 脫身走推火郡 漢山 牛頭 揷良 浿江
北原等 先知憲昌逆謀 擧兵自守 十八日

完山長史崔雄 助阿粲正連之子令忠等 遁走王京告之 王卽授
崔雄位級粲 速含郡太守 令忠位級粲 遂差員將八人 守王都八方

※『신증동국여지승람新增東國輿地勝覽』−1530년(중종 25) 이행
李荇−, −『동국여지승람』1481년(성종 12) 노사신盧思愼−
제31권 경상도慶尙道 함양군咸陽郡【명환】신라 영충令忠
헌덕왕憲德王 14년(822) 웅천도독熊川都督 헌창憲昌이 반란을 일
으켜서, 무진武珍·완산完山 등 주를 협박하여 제 편으로 만들었다.
완산장사完山長史 최웅崔雄이 영충과 함께 서울에 도망쳐 와서 보
고하였다. 임금이 곧 영충을 속함군태수速含郡太守로 임명하였는
데, 위계는 급찬級粲이었다.

※『동사강목東史綱目』−1778년 안정복安鼎福−부록 상권 상 고이
속함군태수 영충令忠 헌덕왕憲德王 14년(822)
『삼국사기三國史記』에, "김헌창金憲昌이 반역을 꾀하니 완산完山의
장사長史 최웅崔雄과 조아찬助阿湌 정련正連의 아들 영충令忠 등이 서
울로 도망쳐 와 변變을 고하였다. 왕은 곧 최웅에게 급찬의 지위에
속함군태수를 제수하고, 영충에게도 급찬을 제수하였다" 하였다.
상고하건대 조助는 주조州助이니 벼슬 이름이다. 최웅이 상변上

變한 공로로 속함군태수에 제수되었다고 하면 그 문세가 보기 쉬운데, 『동국통감東國通鑑』-1485년(성종 16) 서거정徐居正-에는 이를 상고하지 않고 곧 그대로 완산의 장사 최웅과 속함군태수 영충이 고변하였다고 썼으니, 이는 영충으로 속함군태수를 삼은 것이다. 너무나 잘못이기에 이제 본사本史를 따른다.

※ 『삼국사절요三國史節要』-1476년(성종 7) 이파李坡-에 완산의 장사 최웅과 속함군태수 영충이 고변하였다고 썼으니, 이때 이미 『동국통감』보다 앞서 잘못 오독한 것이다. 『동국통감』은 『삼국사절요』를 답습한 것이다. 안정복이 『삼국사절요』를 먼저 상고하지 않은 것이다. 오역을 낳는 오독의 역사는 『삼국사절요』→『동국통감』→『신증동국여지승람』→『천령지天嶺誌』로 이어졌다.

※ 速含城 : 新羅 眞平王 四十六年 冬十月 百濟兵來圍我速含-櫻岑-岐岑-烽岑-旗懸-穴柵等六城 於是 三城或沒或降 級湌訥催 合烽岑-櫻岑-旗懸三城兵堅守 不克死之.
速含城 : 百濟 武王 二十五年冬十月 攻新羅速含-櫻岑-岐岑-烽岑-旗懸-冗柵等六城取之.

※ 速含郡 : 憲德王 十四年 三月 熊川州都督憲昌 以父周元不得爲王 反叛 國號長安 建元慶雲元年 脅武珍 完山 菁 沙伐四州都督 國原 西原 金官仕臣及諸郡縣守令 以爲己屬 菁州都督向榮 脫身走推火郡 漢山 牛頭 歃良 浿江 北原等 先知憲昌逆謀 擧兵自守 十八日 完山長史崔雄 助阿湌正連之子令忠等 遁走王京告

之 王卽授崔雄位級湌 速含郡太守 令忠位級湌 遂差員將八人 守
王都八方 然後出師 ……衛恭 悌凌合張雄軍 攻三年山城克之 進
兵俗離山 擊賊兵滅之 均貞等與賊戰星山 滅之 諸軍共至熊律 與
賊大戰 斬獲不可勝計 憲昌僅以身免 入城固守 諸軍圍攻浹旬 城
將陷 憲昌知不免自死 從者斷首與身各藏 及城陷 得其身於古塚
誅之 戮宗族 黨與凡二百三十九人 縱其民 後論功爵賞有差 阿湌
祿眞 授位大阿湌 辭不受 以歃良州屈自郡近賊不汚於亂 復七年

※ 速含郡：雜志 第三 地理一 天嶺郡 本速含郡 景德王改名
今咸陽郡 領縣二 雲峯縣 本母山縣(或云阿英城 或云阿莫城)
景德王改名 今因之 利安縣 本馬利縣 景德王改名 今因之.

※ 速含城：訥催 沙梁人 大奈麻都非之子也 眞平王建福四十
一年甲申冬十月 百濟大擧來侵 分兵圍攻速含－櫻岑－岐岑－－
旗懸－冗柵等六城〔冗 當作冗〕王命上州－下州－貴幢－法幢－
誓幢五軍 往救之 ……速含－岐岑－冗柵三城〔冗 當作冗〕或滅
或降 訥催以三城固守 及聞五軍不救而還 慷慨流涕 謂士卒曰 陽
春和氣 草木皆華 至於歲寒 獨松栢後彫 今孤城無援 日益阽危
此誠志士義夫盡節揚名之秋 汝等將若之何 士卒揮淚曰 不敢惜
死 唯命是從 及城將隤 軍士死亡無幾 人皆殊死戰 無苟免之心
訥催有一奴 强力善射 或嘗語曰 小人而有異才 鮮不爲害 此奴
宜遠之 訥催不聽 至是城陷賊入 奴張弓挾矢 在訥催前 射不虛
發 賊懼不能前 有一賊出後 以斧擊訥催乃仆 奴反與鬪俱死 王
聞之悲慟 追贈訥催職級湌《三國史記 卷 第四十七 列傳 第七》

153

천령군태수 최치원

옛사람은
우리말로
땅 이름을
지었지

한자시대에
바꾸고
중국식으로
또 바꾸고

한글의
시대에 맞게
하늘재가
어떠리

※ 希朗大德君 夏日於伽倻山海印寺 講華嚴經 僕以捍虜所
拘 莫能就聽 一吟一詠 五仄五平 十絶成章 歌頌其事 防虜大監
天嶺郡太守 遏粲 崔致遠

※ 新增東國輿地勝覽 제31권 〉慶尙道 〉咸陽郡 〉名宦
崔致遠。致遠寄海印寺僧希朗詩下。題防虜太監, 天嶺郡太
守 遏粲 崔致遠。

※ 三國史記 卷第十一新羅本紀 第十一 文聖王 憲安王 景文
王 憲康王 定康王 眞聖王
眞聖王 八年(894) 春二月 崔致遠 進時務一十餘條 王嘉納之
拜致遠爲阿飡。
十一年(897) 夏六月 禪位於太子嶢 冬十二月乙巳 王薨於北
宮 諡曰眞聖 葬于黃山.

※ 三國遺事 王曆 第五十一 眞聖女王
丁巳遜位于小子孝恭王, 十二月崩. 火葬, 散骨于牟梁西岳,
一作未黃山.

※ 梅溪先生文集卷之四 / 序 / 書海印寺田劵後
右四十三幅。庚戌春。學祖和尙承 懿旨。重創毗盧殿。都料
匠朴仲石。得之梁楣結搆中。乃本寺買田莊劵也。按史乾符只
六年。而此稱七年。廣明只一年。而此稱三年。中和只四年。而
此稱五年。龍紀只一年。而此稱三年。景福只二年。而此稱三年

者。新羅越在海外。改元頒朔。或踰年。或隔年。然後始到故也。其稱藪者。卽叢林之謂也。乙巳以前。只稱北宮海印藪。庚戌以後。始稱惠成大王願堂者。蓋角干魏弘。死於戊申二月。實眞聖女主之二年也。主念弘私侍之寵。追封爲惠成大王。則此云惠成者。其爲魏弘無疑。而康和夫人者。亦必弘之妻也。後十一年丁巳六月。眞聖傳位於孝恭王。而十二月。薨於北宮。則竊意海印爲弘之願堂。故主去位釋權。惟嫪毒之是念。托身佛宇之中。竟殂於此。其欲同穴之志。亦皎然矣。劵內文字。與今吏牘頓異。多所未解。獨愛其自乾符戊戌。至于今六百一十餘年。人世之興亡離合。幾許變遷。而獨此斷簡故紙。宛然尙存於兵火蟲蠹之餘。豈不爲可感耶。第恨當時文籍。散逸無徵。末學荒蕪。聞見不博。爲未盡辨云。弘治四年歲在辛亥秋七月十有一日梅溪曺大虛。書。

※ 梅溪先生文集卷之四 / 序 / 題崔文昌傳後

按。文昌崔公。生於羅季。年十二。隨海舶入唐。尋師力學。十八。中進士第。調宣州溧水縣尉。爲侍御史內供奉。賜紫金魚袋。及黃巢叛。高駢爲天下兵馬都統。辟爲從事。一時檄文狀牒。皆出其手。名動天下。其四六集桂苑筆耕。載於藝文志。及年二十八。僖宗光啓元年。本國 康憲王之十一年。奉詔東還。仍留。爲侍讀,翰林學士,兵部侍郎,瑞書監事。後出爲太山,富城太守。眞聖女主之八年。進時務十餘條。主嘉納之。以爲阿飡。自以西遊大唐。東還故國。皆値亂世。自傷不遇。逍遙自放於山水間。營臺榭植松竹。嘯詠風月。若慶州南山。剛州氷山。陝州淸涼寺。智異山雙溪寺。合浦縣月影臺。皆其遊翫之所。後挈家隱伽倻山以終老焉。此公平生出處之終始也。或者疑其以公之大才。卷以東歸。陳力就列。遇事匡救。彌縫其闕失。粉飾其文治。則國勢不至於捏阢。萱裔何遽於猖獗。而顧乃棲遲偃仰。不屑仕宦。國之危亡。視若越人之肥瘠。無乃幾於潔身而亂倫。懷寶而迷邦者耶。是不然。公以童稚之年。遠涉溟海。不憚險艱。未弱冠。取科第如摘髭。其心豈欲效向子平,臺孝威者耶。其勵志功名。而有心於立揚者。蓋無疑也。由其欲仕唐也。則宦寺擅於內。藩鎭橫於外。朱梁纂弑之兆已萌。欲仕本國也。則昏主委政於匪人。女后淫瀆而亂紀。嬖倖盈朝。翕翕訾訾。固不可容吾身。而望其行吾道乎。況公之明識已炳於靑松黃葉之句。大廈將傾。非一木可支。滄海橫流。非隻手可遏。尋深山而友麋鹿。攀薜蘿而弄明月者。豈公之本心哉。嗚呼。自三國以來。文人才士。世不乏人。而公之名獨光前而掩後。膾炙人口。平生足跡所及之處。至今樵人牧豎皆指之曰。崔公所遊之地。至於閭閻細人。鄕曲愚婦。皆知誦公之姓名。慕公之文章。則其所以得於一身者。必有不可名言。而感化於人者。若是其遠且深也。噫。以公之才。生於今日之盛時。其黼黻王猷。振起大雅之風者。爲如何哉。人與時不偶。命與才不諧。豈非千古之恨耶。余少時。嘗讀公人間之要路通津眼無開處。物外之靑山綠水夢有歸時之句。想公之襟袍飄飄然非塵寰中人。及觀公之平生。名區勝地之在國內者。足迹殆將遍焉。則靑山綠水之句。本非寓言。而益歎公雅意之所存。及今足躡棲隱之地。手撫題詩之石。山之蒼蒼然者。卽公之氣

像。水之泠泠然者。卽公之風韻。松籟之咽於半空者。卽公之
聲欬。凡接於因入於耳者。無非髣髴乎聲容。則徘徊顧瞻之
餘。尙有不盡之懷。余之來此。豈苟焉而已哉。故略敍慕仰之
懷於短句之中。且列公平生梗槪。使後之來遊此地者。詳公出
處本末云。弘治四年歲在辛亥七月上浣。夏山曹某。書。

※ 1962년 천령문화제 창설, 이후 천령제, 함양물레방아축제,
함양물레방아골축제 명칭 변경, 천령문화제로 복원 희망. 천령군
태수 최치원 선생 부임 행차 가장행렬.

※ 지리산문학관 표장위원회
지리산문학관 표장인물
지리산문학삼걸
한문학 고운 최치원 선생 〈계원필경집〉
고전문학 남명 조식 선생 〈두류산양단수〉
현대문학 허영자 시인 〈은발〉

관장 김윤숭
영예관장 고 석전 이병주 교수(동국대 국문과, 수필가)
명예관장 장순하(원로 시조시인)

고문(지리산문학관 방문 원로문인 추대)
오동춘(짚신문학 회장)
임종찬(부산대 명예교수)

이재인(경기대 명예교수)

정종명(한국문인협회 이사장)

이상문(국제펜한국본부 이사장)

손해일(국제펜한국본부 이사장)

김수복(단국대 교수)

인산문학상 수상고문

강희근(경상대 명예교수)

송수권(순천대 명예교수)

김석규(부산시인협회 회장)

노향림 시인

이영춘 시인

문효치(한국문인협회 이사장)

정목일(한국수필가협회 이사장)

허형만(목포대 명예교수)

이근배(예술원 부회장)

한분순(한국시조시인협회 이사장)

이우걸(한국시조시인협회 이사장)

자문위원(지리산문학관 협력 남명학연구소장)

최석기(경상대 한문학과 교수)

윤호진(경상대 한문학과 교수)

이상필(경상대 한문학과 교수)

장원철(경상대 한문학과 교수)

사근산성

금수강산
도처에
충신 의사
효자 열녀

왜놈의
칼끝에
핏방울마다
맺힌 거라

고려 말
구원수와 감무
피내 이룬
결사전

※ 경신왜란에 구원수의 일인으로 김용휘 장군이 사근역전투에 참전하였고, 무진왜란에 진주목사 김상이 함양방어전투에서 순국하였다. 김용휘와 김상은 부자지간으로 언양 김씨이다.

※ 高麗史 〉列傳 卷第四十七 〉 禑王 6年(1380 경신년) 〉 8月 倭 屠咸陽.

高麗史 〉列傳 卷第三十九 〉 姦臣 〉 邊安烈, 本瀋陽人, 因元 季兵亂, 從恭愍王來, 賜鄕原州……倭駐沙斤乃驛, 元帥裵克 廉·金用輝·池湧奇·吳彦·鄭地·朴修敬·裵彦·都興·河乙沚, 擊之敗績, 修敬·裵彦死, 士卒死者, 五百餘人. 賊遂屠咸陽, 又 攻南原山城, 不克退, 焚雲峯縣, 屯印月驛,

김용휘金用輝 ? ~1388(우왕 14). 고려 후기의 무관.

※ 潘谿集卷之二 七言小詩〈咸陽灆潘竹枝曲十絶〉

沙斤城畔起陰雲。坤靈夜泣雨紛紛。庚申萬鬼啾啾哭。似恨 當時張使君。

※ 新增東國輿地勝覽 제31권 〉 慶尙道 〉 咸陽郡 〉 城郭

沙斤山城 在郡東十七里……庚申歲, 監務張羣哲 失其城守, 爲倭賊所屠, 廢而不修, 成宗朝修築

※ 沙斤驛 在郡東十六里 □辛禑六年, 倭船五百艘, 泊鎭浦, 寇三道, 燒尙州府庫, 經京山, 駐沙斤驛, 三道元帥裵克廉等九 將, 與戰于驛東三里許, 敗績, 朴修敬, 裵彦, 二元帥, 死之, 士

卒死者, 五百餘人, 川水皆赤, 至今號血溪, 由是, 賊勢益熾, 遂
屠郡城, 向南原, 駐引月驛, 爲李太祖所殲

※ 高麗史 〉列傳 卷第五十 〉禑王 14年(1388 무진년) 〉 1月
下三司左使廉興邦, 領三司事林堅味, 贊成事都吉敷, 右侍中
李成林, 贊成事潘福海, 大司憲廉廷秀, 知密直金永珍, 密直副
使林橚等于獄, 幷其族黨誅之. 語在堅味傳.
高麗史 〉列傳 卷第三十九 〉姦臣 〉林堅味
林堅味, 平澤人……與堅味女壻都萬戶王福海……又斬福海
養父門下贊成事金用輝,

※ 彦陽金氏族譜 : 金湧輝 初名 用輝 禮儀判書 彦陽君 屢將
重兵有功→子 賞 晉州牧使 左贊成 彦陽君

※ 高麗史 〉列傳 卷第五十 〉昌王 元年(1388 무진년) 〉 7月
倭寇咸陽, 晉州節制使金賞往救之, 與戰敗北. 官軍不救, 賞
棄馬走, 腸爛而死. 遺體覆別監李雍鞫之, 以副鎭撫河致東, 陪
吏波豆等, 嘗不救李贄之死, 今又不救, 斬之. 都鎭撫河就東等
十三人, 各杖一百.

※ 佔畢齋集卷之八 / 詩 / 允了又作咸陽郡地圖。題其上。
窮寇當年接短兵。將軍腥血漬鏖纓。郵人爭說前朝事。指點
靑山一片城。

162

※ 新增東國輿地勝覽 卷三十一 〉慶尙道 〉咸陽郡 〉驛院

沙斤道 察訪 沙斤驛 屬驛 14, 有麟·安澗·濫水·蹄閑·正谷·新安·新興·正守·橫浦·馬田·栗元·碧溪·小南·平沙.

※ 靑莊館全書卷之六十八 / 寒竹堂涉筆[上] / 彌陀山

彌陀山。爲沙斤驛主山。山上有石城。周二千七百九十六尺。內有三池。天旱祈雨。高麗辛禑六年庚申。倭奴五百艘。泊于鎭浦。寇三道。燒尙州府庫。經京山。駐沙斤驛。三道元帥裵克廉等九將。與倭戰于驛東三里許。敗績。朴修敬, 裵彥二元帥死之。士卒死者五百餘人。川水皆赤。至今號血溪。或惡其名。改稱菊溪。時監務張群哲守山城。爲倭所屠。倭因向南原。駐引月驛。爲我 太祖所殲。城廢不修。成宗朝更築。今不復修。

李詹詩。雲峯山下秋風早。日澹天寒木葉槁。是時島夷敗我軍。血濺咸陽原上草。兩府元帥陣前亡。士卒微軀難自保。悲笳數聲丈夫淚。誓雪國恥及未老。征南諸將誰無軍。旌旗緩緩回征道。

兪好仁詩。沙斤城畔起陰雲。坤靈夜泣紛紛。庚申萬鬼啾啾哭。似恨當時張使君。

황석산성

고려 말
왜놈 칼끝
임진년
왜놈 총끝

구한말
왜놈 포끝
대동아전
왜놈 조끝

정유년
무너진 산성
끝도 없이
당하나

※ 문헌공 정여창의 손자로 언양 김씨 김중홍의 사위인 정언남
이 황석산성에서 대소헌 조종도, 존재 곽준과 함께 순국하다.

※ 彦陽金氏族譜 : 고려 명장 문하시중 就礪－佺－良鑑－光
衍－之甲－憲－承達－餘善－守謙－址－사위 鄭希契 河東人
正郎 父文獻公汝昌 子彦男嘉善

고려 명장 문하시중 就礪－佺－良鑑－光衍－之甲－憲－承
達－餘善－守謙－垍－重泓－사위 鄭彦男 河東人 父正郎希契
子大民縣監

※ 一蠹先生續集卷之四 附錄〈世系源流〉

汝昌

先生有二子。希稷, 直長。嫡無嗣。只有庶子如山。四世大
宗。不可傳於庶孽。臨終。托宗祀於弟希高。希高。正郎。系子
彦男。

孫彦男, 希高子。同中樞。生父希參。宣祖丁酉。同郭越, 趙
宗道。殉於黃石山城。子大民。庶子秀民

曾孫大民, 彦男子。蔭縣監。子弘緖。

玄孫弘緖, 大民子。蔭參奉。文學正。師事寒岡鄭先生。光海
朝。如山之孫元禮。諂附仁弘, 爾瞻。作奪宗之變。仁祖改玉元
年。上疏歸正。以道義。享蘫溪別祠。子光漢, 光淵。庶子光潤。

五世孫光漢, 弘緖子。進士。薰陶先業。事親至誠。涉獵經
史。文章卓犖。子世枃。

六世孫世枃, 光漢子。蔭縣監。子熙章, 熙載, 熙文。庶子熙瞻。

七世孫熙章, 世杓子。蔭察訪。子胤獻, 宗獻。熙載, 世杓子。子述獻, 纘獻。

八世孫胤獻, 熙章子。蔭縣監。戊申。亮亂倡義。以忠義贈吏議。命旌閭。系子鎭華

※ 纘獻, 熙載子。亮亂倡義。命旌閭。子鎭華出系。鎭恒。鎭衡出系。

九世孫鎭華, 胤獻子。蔭奉事。生父纘獻。子德濟。

十世孫德濟。鎭華子。蔭縣監。子東老。東民。進參奉。東蓍。以孝贈監察。東耆, 東翊

十一世孫東老。德濟子。蔭縣監。子煥輔。煥義文承旨。煥禮。煥祖進士。煥弼進士。

十二世孫煥輔。東老子。進士。蔭參奉。子在箕, 在斗。庶子在翼監役。在熙武部將。

十三世孫在箕。煥輔子。蔭郡守。子直鉉。國鉉文應敎。庶子鳳鉉檢書。

十四世孫直鉉。在箕子。進士。蔭參奉。系子淳元。庶子淳宅學官。

十五世孫淳元。直鉉子。進士。文直閣。生父圭鉉參奉。祖在復。曾祖煥球。高祖監察東蓍。系子近相。

十六世孫近相。淳元子。生父淳圭。祖麒鉉。曾祖在修。高祖煥禮。子炳鎬。

十七世孫炳鎬。近相子。

十八世孫宜均。炳鎬子。河東鄭氏文獻公派宗孫。

166

※ 感樹齋先生文集卷之一〈宿黃石山城下有感〉

秋風匹馬遠遊人。曾是城中未死身。欲向傍人問往事。暮雲殘照更傷神。

※ 桐溪先先文集卷之四 / 墓碣 / 長水縣監鄭公墓碣銘 幷序

河東之鄭。爲世著姓。有諱國龍。仕麗朝。贈匡靖大夫，密直副使。寔公之鼻祖也。其後徙居咸陽。年代不可詳也。而自版圖判書諱之義以下。墓在咸陽。咸吉道兵馬虞侯諱六乙。死於李施愛之亂。贈嘉靖大夫，漢城府左尹。於公爲高祖。贈大匡輔國崇祿大夫，議政府右議政諡文獻諱汝昌。世稱一蠹先生。乃東國五賢之一也。從祀孔子廟庭。於公爲曾祖。祖諱希㚖。贈戶曹正郎。考諱彥男。以武功爵階同知。正郎無子。取以爲後。生父曰希參。縣監。祖曰汝寬。生員。乃文獻公季弟也。同知娶彥陽金氏。諱重泓之女。以嘉靖辛亥八月十三日生公。公諱大民。字中立。年二十五。初授東部參奉。蓋用象賢之典也。移永崇，文昭，集慶三殿參奉。俄陞軍資監參奉直長主簿。轉司憲府監察，掌隷院司評。丙戌冬。除雲峯縣監。辛卯春。除谷城縣監。甲午夏。爲長水縣監。此公之歷官序次也。公常自言曰。我之通籍。實荷賢祖先餘蔭。若欲因以肥己。我則非人。將何以有辭於地下乎。是以在所多以清謹名。其在雲峯。廢鎰銅器朔捧之規。秋毫不敢有所近。在谷城。尤得吏民心。災傷御史謂公無援于朝。欲勒置劾 啓中。士民聞之。來集者幾千餘。爭訟公德政。不從則盈庭溢街。痛哭呼訴。御史不得已寢其劾。在長水。遭歲大凶。有鄉里故舊。質白金。求糶倉穀。及秋當糴。其

人欲以其銀當其債。公曰。我活故人。故人欲以汚我耶。卽以
銀錠還之。封誌宛然。其人報而退。歲丁酉。公方家食。值倭鋒
再動。三邑以都體察分付。當入黃石山城。公扶老幼入城。及
城陷。公二親俱罹凶刃。公卽奉體魄。權厝于先塋之側。仍留
不去。人皆謂旣已權安。當小避賊路。以爲後日營葬地。公泣
且言曰。不肖旣不死親尸傍。死有餘罪。況敢私便其身。圖就
乾淨地求活。於是看守益勤。經冬不小離。戊戌二月十日。沿
海縱掠之賊。果不意衝襲。公乃死之。以其年十二月某日。葬
于郡北邛山辛坐乙向之原。嗚呼。公承大賢之後。宜有餘慶之
及。而連世俱不得其死。天之報施一何忍。此可哀也已。公娶
郡守林希茂之女。生一男一女。男曰弘緒。登文科。纔試成均
館學正。初娶贈都承旨楊士衡之女。生三男一女。再娶士人林
眞懲之女。生一女。女曰房元震。察訪。生二男二女。學正長男
光漢。生員。次光睍。早夭。次光淵。進士。光漢娶鄕人朴葳之
女。有三女一男。女長適李商英。餘皆幼。光淵娶參判朴明榑
之女。有二男三女。皆幼。女適李皦。有二男。埛，埰。季女適郭
文浣。察訪之子。曰明煜。進士。娶梁士悌女。有三男二女。皆
幼。曰明爌。生員。娶沈沂源女。時無子女。長女適李悵。有男
女若干。次女適金荏。無後。內外孫曾孫男女三十餘人。噫多
矣哉。已定之天其在斯乎。是爲銘。銘曰。文獻之祀。惟公是
承。廉平之政。惟公是能。位卑無年。何命之屯。惟公之死。死
於其親。死而無愧。其死猶生。有或不信。請考斯銘。

※ 桐溪先先文集卷之四 / 墓誌 / 忠義衛尹公墓誌銘 幷序

168

公諱劫。字子固。姓尹氏。高麗開國功臣莘達之後。坡平之尹。甲於東方。年代次序。稽諸譜牒。班班可見。公曾祖諱汝霖。判官。祖諱瑊。振勇校尉。父諱安鼎。監役。妣李氏。宗室縣監環之女。以甲午四月三日生公。公形容頎峻。音韻如鍾簧。望之知其爲人英也。早歲落南。不克歸京都。仍爲安陰人。爲人磊落明直。不喜與人俯仰。治居第生產有條法。御僮使以威。家政齊整。閨門肅如也。先塋在仁川地。弟劭居其下。公以路遠不能隨時節躬奠掃爲恨。常以秋夕往省無失期。年過六十。猶能自力。間歲而行者再三。奉先之需。務爲豐潔。釜鼎器皿。必躬莅滌濯焉。與其弟友愛尤篤。每相遇共被而臥。磨肌而戲。雅有志節。庭中植松，竹，梅，菊。扁其堂曰節友。日痛掃漑相對。涉獵書史。頗通古今。臨事善剖決。與人語。洞露心肝。無有隱情。尤善敎誘人。見人非誤。據理明倫。開導其善心。而消沮惡萌。人之感化者多。歲丁酉。値倭奴再動兵。梧里李相國受 命體察南方。以黃石山城。爲三邑入保之地。于時。人士皆知城不完。潰奔者過半。公獨以爲保守。王命也。雖知其危。豈可逃避。於是題詩窓心曰。寧爲死義鬼。不作投林生。決意入城。未幾城陷。賊躪入。公踰城行數十步許。天已明。不可行。以身蔽木而免。其時。年壯足健者死以千數。而公以老病蹣跚。獨不被禍。豈神明感其義。有所扶持而然也。旣出。人或問之曰。公之入城何意。不死又何義歟。公曰。以朝廷命令入城義也。主將先潰。我無獨死之理。況不期生而生者乎。問者無以應。方其踰城時。有一人失足顚墜。重傷其股。公亟命抽佩刀。刺其傷處血出。其人卽起行。噫。此豈人所能爲者哉。追

169

鋒在咫尺。死生只一瞬。而爲影響昧昧之人。從容欲活其命。蓋
公之平生用心多類此。公多才局。一時儕流。皆以治劇解紛許
之。而公亦自信不疑。使其得其位。試其所蓄者。則其濟物之功
爲如何。而惜乎。其終爲澤而不爲川也。公以萬曆丁未七月六
日。終于家。距生之年七十有四。後三年。公配柳氏亦沒。合葬
于縣治之東馬峴甲坐庚向之原。柳氏亦全州著姓。有諱潤春之
女。郡守馥之孫。都承旨季潼之曾孫。生於乙巳。男女四人。男
曰應錫。有才器。早歲。女三。其壻曰金光道, 鄭蘊, 盧夆也。應
錫子女有五。洪, 深。其男也。鄭有禛, 李壽檍, 其壻也。一女
幼。光道無子女。蘊有三子。昌詩, 昌訓, 昌謨也。夆有一子。曰
亨弼也。二女。曰楊汝梅, 朴尙質也。公有庶子。曰應恥。公之
出城無恙。繫此子是賴。生子女若干。內外嫡, 庶, 孫, 曾男女
廿餘人。蘊早歲委禽公門。得公之終始最詳。故乃爲之銘。銘
曰。公惟器也。器之美者。旣剛且頓。若劇若難。于錯于盤。用
無不適。安於農圃。無意世路。未試涓滴。磊落之志。倜儻之
氣。閉此玄寂。惟後人斯。愼無傷虧。我銘之的。

※ 桐溪先生文集卷之二 / 文 / 一鄕呈文 庚子年

一鄕爲依公論報使事。臣之忠。子之孝。婦之烈。是所謂三
綱之行。三者而一不立。國不可以爲國。是以自古帝王。莫不
崇重斯軌。旣筆之書以傳諸後。又旌其閭以顯於時。所以扶植
之義。至矣盡矣。本縣雖十其室。而自變亂以後。死於孝者
二。死於烈者三。忠義衛柳橿。私奴銀浩。所謂二孝子也。草溪

170

鄭氏。完山李氏。旌善全氏。所謂三烈婦也。嗚呼。死者。人之
所難也。宇宙歸來。人物幾何。而歷數其死於忠與孝與烈者。則
或曠世而一有之。或天下而一人焉而已。斯二子三婦者。乃能
幷生於一鄉之中。人性之善。果不可誣。而其爲鄉里之榮。爲
如何哉。有此名節而湮沒。可惜。表而出之。非明府而誰。伏願
具由牒報于巡相。使之轉聞于 朝。而旌表其閭。俾時之人後之
人。有所矜式。男子而過之者曰。爲忠孝者亦若是。女子而見
之者曰。爲人婦者當如是。則比屋可封之俗。庶復見於今日
矣。右人等就死顚末。錄在于後。此皆公論所著。若其溢一
辭。欺明府。罔國家。則一鄉雖無人。亦不爲此。忠義衛柳橝。士
人也。丁酉八月。擧家入黃石山城。十六日夜。城陷。橝負其母
出城。令其弟楘扶去。以其父老不克步。橝還入賊中。扶曳以
行。其父知不得免。斥而去之曰。我已矣。汝其先出。橝號泣扶
持曰。父在此。子出何之。俄而同死一刃。嗚呼孝哉。

私奴銀浩。與其父入黃石山城。城陷之夜。失父於亂兵之
中。銀浩先出城。求其父不得。還入城中。負父膝行。至城底遇
賊。一刃之下。父子同仆。

草溪鄭氏。僉知全珩之妻也。母柳氏。以孝烈聞于鄉。達于
朝。鄭氏性行。得於閨庭者爲多。戊戌四月十九日。避亂入山
谷。倭奴猝至。鄭氏被執。賊迫令前行。鄭氏不從曰。汝賊何不
速殺我。我雖死。義不可見汚於汝。罵不絶口。賊怒而加刃。與
其女同抱而死之。

完山李氏。僉知鄭應辰之妻。完山正之女。四月十九日。避
亂山谷。遇賊被執。李氏以死自誓曰。吾何忍從汝賊行。其亟
殺我。罵不絕口。賊怒而刃。異其頭足焉。旌善全氏。察訪鄭惟
悅之妻。珩之女。年纔踰三十。有姿色。先是避亂之日。嘗請於
其父曰。願得小刀。父曰。何用。對曰。脫有緩急。無水不能
溺。無木未易縊。若佩此刀。可以自裁。父義之。四月十九日。入
山谷遇賊。與其母同被執。賊以刃脅使行。全氏奮。罵不絕
口。賊猶不卽害之。曳之而去。手攀木根。木根皆絕。賊不得已
刃之。全氏以手蔽其母身。一指先斷。遂抱其母而死。身無完
肉。人謂之孝烈俱全云。

※ 桐溪先生文集卷之二 / 傳 / 鄭大益, 大有兄弟傳。

丁酉之亂。黃石一城之人。爲白士霖所罔。敗衄殆盡。寔八
月十八日也。鄉人鄭大益, 大有兄弟。扶其母。使其僕吾佐美
負行。兄弟前後擁衛。踰山城之東北隅。緣崖越澗。十步九
僵。行到長水洞口。天已向明。賊鋒將逼。不獲已。擇深密處。藏
其母。兄弟各伏於其傍。賊先獲其母。以刃背擊之。大益, 大有
一時叫號而出。以身翼蔽其母。兄弟駢死於一刃。而其母得
全。竟以天年終於家。斯可謂之死親埋名者非耶。其時以孝死
者。如士人柳橿。私賤銀浩等。皆以鄉議。已蒙 旌表之典。而
斯二人者獨未焉。其故何哉。蓋大益爲淸野之任。而與太守郭
䞭。爲強近親也。臨危同事。托以死生之約者。宜無不至矣。當
竄嚴之日。三邑士民。携老幼。皆至城下。朝暮且入。因居昌縣

172

監韓訥之言。一時雲散波潰。各自爲避兵之計。而大益一家。因
大益在城中。未能隨衆散去。趙益堅死守之志。問大益曰。慈
夫人何不奉來。大益卽答以無人扶曳。趙乃抄送軍人。擔輿入
城。于時。三里士族之家入城者。僅以三四數。其餘皆在外者
也。由是。群議譁然以爲。大益不當奉八十之母。自投於必死
之地。以是之故。幷與其就死之正。與日月爭光者而莫之稱。此
不可使聞於他邦者也。噫。茲城雖小。亦王事也。民而服王
事。義也。而身縻任事。又與凡民異矣。旣與賢守共事。而彼以
誠問安。得不以實告。雖欲巧計謀避。趙方銳意守城。忠義奮
發。脫或失對。安保其不以軍法從事乎。以大益料事之智。其
卜度之詳矣。議者不量其間情勢。一向非之。其亦不恕之甚
矣。甚者。至謂大益解遣其子。從便避亂。而獨以其母入城。豈
愛其母不如愛其子乎。此則尤不近情理。當其時。趙之以其母
爲問者。豈不以其母在此。其子安往云爾。而稚兒有無。曾不
以介意。則分遣而圖存。亦一道也。豈以愛有輕重而然也。城
陷前數日。大益來到其家。猝聞倭奴已犯隣境。則勺水不能入
口。步由月城路。行無人跡處四五十里。冒矢石入城。城陷之
夜。母子兄弟。相失於交臂之間。唯其生之圖。不顧恩義者。比
比有之。大益兄弟。終始扶衞。卒以身代斃。而脫其母於兇
刃。以此觀之。大益死孝之心。自分久矣。曾謂不愛母而能如
是乎。設使大益當初失誤之擧。果有如議者之言。而論人之
道。重在其終。終之所就。如是卓卓。則從前脣舌。自當如水之
於海。氷之於夏日也。不此之爲。而猶追細微之事。欲掩其難
掩之大節。退之所謂不樂成人之美者。不幸而近之矣。可憾也

173

已。大益字彦謙。大有字彦休。草溪人。雖無學術。兄能明慧解事。弟有慷慨志。平居養鷹犬。躬漁獵。供甘旨甚。死時。兄年丙午。弟年丁巳。其母柳氏。孝烈婦也。是年。二子死於孝。越明年一女一外孫女。死於烈。其僕吾佐美。臨難不去。盡瘁負護。卒與二主同死。死於忠也。孝, 烈, 忠三綱。何其備於一家耶。嗚呼休哉。余欲立赤幟久矣。而衆咻之中。難以獨舌爭。囁嚅而不敢發。以待是非之定。日下思之。負罪危命。不可以朝夕期。不及今圖之。終沒孝子之名。則余亦與有罪焉。故記其梗概。以竢夫首公論者得焉。

※ 桐溪先生文集卷之二 / 傳 / 鄭大益, 大有兄弟傳。

丁酉之亂。黃石一城之人。爲白士霖所罔。敗衄殆盡。寔八月十八日也。鄉人鄭大益, 大有兄弟。扶其母。使其僕吾佐美負行。兄弟前後擁衛。踰山城之東北隅。緣崖越澗。十步九僵。行到長水洞口。天已向明。賊鋒將逼。不獲已。擇深密處。藏其母。兄弟各伏於其傍。賊先獲其母。以刃背擊之。大益, 大有一時叫號而出。以身翼蔽其母。兄弟駢死於一刃。而其母得全。竟以天年終於家。斯可謂之死親埋名者非耶。其時以孝死者。如士人柳櫃。私賤銀浩等。皆以鄉議。已蒙 旌表之典。而斯二人者獨未焉。其故何哉。蓋大益爲清野之任。而與太守郭趇。爲強近親也。臨危同事。托以死生之約者。宜無不至矣。當纂嚴之日。三邑士民。携老幼。皆至城下。朝暮且入。因居昌縣監韓詗之言。一時雲散波潰。各自爲避兵之計。而大益一家。因大益在

174

城中。未能隨衆散去。趁益堅死守之志。問大益曰。慈夫人何不
奉來。大益即答以無人扶曳。趁乃抄送軍人。擔輿入城。于
時。三里士族之家入城者。僅以三四數。其餘皆在外者也。由
是。群議譁然以爲。大益不當奉八十之母。自投於必死之地。以
是之故。幷與其就死之正。與日月爭光者而莫之稱。此不可使聞
於他邦者也。噫。茲城雖小。亦王事也。民而服王事。義也。而
身廃任事。又與凡民異矣。既與賢守共事。而彼以誠問安。得不
以實告。雖欲巧計謀避。趁方銳意守城。忠義奮發。脫或失
對。安保其不以軍法從事乎。以大益料事之智。其卜度之詳
矣。議者不量其間情勢。一向非之。其亦不恕之甚矣。甚者。至
謂大益解遣其子。從便避亂。而獨以其母入城。豈愛其母不如
愛其子乎。此則尤不近情理。當其時。趁之以其母爲問者。豈不
以其母在此。其子安往云爾。而稚兒有無。曾不以介意。則分遣
而圖存。亦一道也。豈以愛有輕重而然也。城陷前數日。大益來
到其家。猝聞倭奴已犯隣境。則勺水不能入口。步由月城路。行
無人跡處四五十里。冒矢石入城。城陷之夜。母子兄弟。相失於
交臂之間。唯其生之圖。不顧恩義者。比比有之。大益兄弟。終
始扶衛。卒以身代斃。而脫其母於兇刃。以此觀之。大益死孝之
心。自分久矣。曾謂不愛母而能如是乎。設使大益當初失誤之
擧。果有如議者之言。而論人之道。重在其終。終之所就。如是
卓卓。則從前脣舌。自當如水之於海。氷之於夏日也。不此之
爲。而猶追細微之事。欲掩其難掩之大節。退之所謂不樂成人
之美者。不幸而近之矣。可憾也已。大益字彥謙。大有字彥
休。草溪人。雖無學術。兄能明慧解事。弟有慷慨志。平居養鷹

犬。躬漁獵。供甘旨甚。死時。兄年丙午。弟年丁巳。其母柳
氏。孝烈婦也。是年。二子死於孝。越明年一女一外孫女。死於
烈。其僕吾佐美。臨難不去。盡瘁負護。卒與二主同死。死於忠
也。孝，烈，忠三綱。何其備於一家耶。嗚呼休哉。余欲立赤幟
久矣。而衆咻之中。難以獨舌爭。囁嚅而不敢發。以待是非之
定。日下思之。負罪危命。不可以朝夕期。不及今圖之。終沒孝
子之名。則余亦與有罪焉。故記其梗槪。以竢夫首公論者得焉。

※ 桐溪先生文集卷之二 / 傳 / 書郭義士傳後 庚子

朴從事汝昇。傳郭䞉事蹟。甚詳且的。殆無餘憾。獨恨夫白士
霖罪狀。略焉不詳。斯豈勸懲之道乎。時士霖以金海府使。爲黃
石城出戰將。郭以守城將。董治城役。役未畢。賊鋒已動。三邑
軍民。皆至城下。居昌縣監韓詗。自縣馳來曰。壁堅已破。無復
可爲。軍民聞之。皆散去。入城者十未一二。士霖最晚自兵營
來。見城機未完。軍卒已散。明知其不可守。而深信降倭之
言。以爲賊急於犯京。必不以此城爲意。乃言曰。賊若不來完
城之功。吾所當得。雖無三邑人。吾軍足以守之。意氣甚自
得。所謂吾軍者。乃金海人新自賊中來者。人持倭衣履。潛藏袋
中。脫有緩急。着此衣履。投降賊中。乃其計也。士霖豈不知其
輩之不足恃以爲用。而僥倖賊之不來。欲以完城爲己功耳。於
是䞉守南門。士霖守東北子城。子城天險。士霖所自占也。及
賊衆來薄。城中洶洶。人見金海人。日未暮。皆已理裝。爲出城
之狀。初昏斬北門而出。士霖家屬隨之。軍民瓦解。勢不可

過。士霖托言巡城。持鎗潛逃。趍方戰酣。南門未之知也。本縣官奴宋仁連者。爲士霖使令。見其逃去。急來告曰。金海令公已出。進賜何爲在此。趍怒曰。此人訛言惑衆。罪當斬。略不之信。夜半。賊由士霖所守處。蹂躪而入。趍始知事急。欲往焚軍器。未及而遇害。嗚呼。偸生苟活。士霖之常態。不足深責。而當其逃出之時。賊未入城矣。勢不甚急矣。何不與趍相議。喩之以知難而退之之義乎。趍之聽也。則與之同生可也。趍之不從也。然後自爲之所。猶未晩也。顧乃以趍爲虎口之肉。而自爲鼠竄之計。君子曰。殺趍者。非倭也。乃士霖也。人言趍之守南門。樓上有小窓。開而射賊。閉而避丸。方趍之控絃而射也。賊丸掠額而過。略不變色。左右欲閉之。趍止之。挺身當窓云。趍之一死。自分久矣。雖有士霖之言。豈肯與之偸生也。雖然。趍仁者也。殺無辜士民。而成己死義之名。豈其本心乎。其意以爲。城之險阻如此。士霖又以善戰名。此可恃以無虞矣。豈料士霖之陰懷二心。終以己賣賊也。甚矣。奸人之情狀也。始幸於成功。則與之同事。終臨於危難。則脫身先逃。此果與措刃殺人者。有間乎。嗚呼。殺人者死。士霖所殺。非徒趍而已。孤三邑之子。寡三邑之妻者。不知其幾何。則士霖之罪。固不容誅。或者以爲。士霖及其家屬。與衆偕出。非先逃也。此兒童之所不信。其時入城者。俘戮殆盡。雖以匹夫匹婦之單身健步者。鮮得免焉。士霖家屬無慮三十餘人。有七八十老焉。有四五歲幼焉。而無一人相先後者。無一人顚頓傷墜者。果非先逃之驗歟。抑不知天之眷愛不忠之賊。使鬼護神扶而然耶。嗚呼。公論不白。邪議橫生。使士霖久保首領。可痛也已。

이은대

산속에
숨지 않고
낮은 벼슬에
숨어 지내지

함양군수
벼슬 숨은
점필재의
낚시터

그 땅에
세운 백연서원
두 잣나무
푸르렀지

※ 笑癡齋遺稿卷之上 詩〈吏隱臺〉

姜命世(1632~1708) 자 : 德秀 호 : 笑癡子 본관 : 晋陽 거주
지 : 咸陽

佔畢遺蹤吏隱臺 遺墟尙在舊溪傍
雲山不改當年翠 草樹猶含昔日芳
後學頻來思杖屨 遊人每過想容光
卽令仙尉多高趣 物色分留滿錦囊

대고대

구졸재의
신도비
개은공의
돌새김

바위 위에
소나무
석송이란
추사 글씨

선비들
시회도 열고
풍류 즐긴
역사 터

※ 佔畢齋集卷之八〈允了又作咸陽郡地圖。題其上。九絶〉

灆溪西岸路縈回。

黃石奇峯駭馬來。

日暮花林風雨橫。

斷雲飛過大孤臺。

※ 思湖先生文集卷之五 / 記 / 大孤臺記

咸之郡東十里許。有大孤臺。臺之名未知其所始。傳者以爲
於大野之中。特然孤立以高。故謂之大孤臺。或曰郡有小孤
臺。故名以是爲儷稱焉。萬曆丁亥仲夏十三日。余適道經于此
登焉。其爲臺也。北挹花林尋眞二洞之秀氣。西控頭流萬疊之
奇壯。東南接山陰山水之窟。信所謂一邦之奇勝也。且夫俯視
之壁立無依。邈然爽塏。野歌村笛。杳杳而來聞。周視之。山氣
蔥瓏。高者似起。低者似顚。雜然羅列而滿眼。仰視之。水色與
天光。泂然相暎。晃朗搖蕩而醒懷。臺之景。於是乎雖欲無言
不可得也。遂詠絶句二韻。書于石臺之上。盤石一大石三小石
二皆可坐。樹一株梢陰薄。不可久留。登覽之越三日甲辰記。

일두 동상

고을에
들어서면
대표 인물
우러르다

지리산
정기 받아
태어난
함양 일인

아이씨
로타리 광장에
일두 동상
우람하게

※ 海東野言[二] 成宗

鄭汝昌字自勗。入智異山。三年不出。明五經。窮極其蘊。知體用之源同分殊。知善惡之性同氣異。知儒釋之道同迹差。潛心性理之 學。醒狂敬之。庚子 上下詔成均館。求經明行修儒生。館中擧自勗爲第一。知館事徐居正將進自勗而講經。自勗退。癸酉年進士。其父六乙。施愛之亂死國時。自勗年少居喪無聞。後居母喪。典禮之數。饘粥之食。一依家禮。庚戌年。參議尹兢薦其孝與學。士林無比。特召爲昭格署參奉。自勗上書辭免。上下敎褒之名益重。自勗爲人性端重。不飮酒醴。不茹葷菜。不食牛馬肉。外爲常談。內惺惺如也。少時居館與人寢。鼾睡而不寐也。人不知也。一宵見獲於崔鎭國。館中喧之。以爲鄭某參禪不寐。出師友名行錄

鄭先生自勗少時嗜酒。一日與友人痛飮。醉倒曠野。經宿而返。母夫人責曰。爾如此吾誰賴乎。先生深自刻厲。君賜飮福之外。更不接口。出內辰丁已錄下同

鄭先生早年卜築頭流山麓。以爲終老之計。成廟召爲昭格署參奉。懇辭不 允。乃出。先生律身甚嚴。終日端坐。雖盛暑。妻子未見肌肉。平生不喜作詩。只有一篇。流傳於世。其詩曰。風蒲獵獵弄輕柔。四月花開麥已秋。看盡頭流千萬疊。孤帆又下大江流。胸中洒落。無點塵態。蓋可想見矣。花開縣名

圃隱之後。我朝性理之學。實自金大猷先生倡。同志者鄭先生自勗其人也。大猷精於理。自勗精於數。惜乎遭時不祥。殞於非命。蒼蒼者天。謂之奈何。中廟朝皆贈議政。致祭家廟。

남계서원

세계문화
유산 후보
동방5현
일인이고

한국에서
세 번째로
건립된
서원이고

선비가
세운 것으론
첫 번째의
서원이고

※ 소수서원紹修書院 : 풍기군수豐基郡守로 부임한 주세붕周世鵬이 1542년(중종 37) 안향安珦을 배향하기 위해 사묘祠廟를 설립하였고, 1543년 유생 교육을 겸비한 백운동서원白雲洞書院을 설립하였다. 1548년 풍기군수로 부임한 이황李滉의 요청으로 1550년 '소수서원紹修書院'이라 사액되었다.

문헌서원文憲書院 : 1550년(명종 5)에 황해감사 주세붕周世鵬이 최충崔沖의 학문과 덕행을 추모하기 위해 수양서원首陽書院을 창건하여 위패를 모셨다. 을묘년(1555, 명종 10)에 '文憲書院(문헌서원)'이라고 사액되었다.

남계서원灆溪書院 : 1552년(명종 7)에 함양 선비 개암介庵 강익姜翼이 주창하여 창건하고 동방5현 일두一蠹 정여창鄭汝昌의 위패를 모셨다. 1564년(명종 19)에 강당, 사당에 이어 동서재사東西齋舍를 완공하였다. 1566년(명종 21)에 사액을 받았다.

남계서원은 한국에서 세 번째로 설립된 서원이다. 벼슬아치가 아닌 선비가 세운 서원으로는 첫 번째의 서원이다. 고려 인물이 아닌 조선 인물을 위하여 세운 서원으로도 첫 번째의 서원이다. 문묘에 종사된 동방18현의 서원으로는 한국에서 두 번째 설립된 서원이다.

임고서원臨皐書院 : 1553년(명종 8)에 지방 유림의 공의로 포은圃隱 정몽주鄭夢周의 덕행과 충절을 기리기 위해 임고면 고천동에 창건하여 위패를 모셨다. 1554년에 '임고'라 사액되었다.

한국의 서원 9곳 - 경북 영주 소수서원(안향, 1543 설립), 안동 도산서원(이황, 1574 설립), 병산서원(유성룡, 1614 설립), 경주 옥산서원(이언적, 1572 설립), 달성 도동서원(김굉필, 1605 설립), 경남 함양 남계서원(정여창, 1552 설립), 전남 장성 필암서원(김인후, 1590

설립), 전북 정읍 무성서원(최치원, 1615 설립), 충남 돈암서원(김장생, 1634 설립) - 이 세계문화유산 후보에서 자진 철회하였다가 재신청하였다. 최치원은 퇴계 이황이 불교에 아첨했다고 비판하였고, 김장생은 후생이니 논할 것 없고, 나머지 7곳의 서원은 한국의 최고 교육자 퇴계 이황이 적극 방조하거나 관심을 경주하거나 관계가 밀접한 인물들의 서원들이란 공통점이 있다.

介庵先生文集上 / 記 / 灆溪書院記

夫道之在天下。渾淪磅礴。悠久不息。其來也無始。其往也無終。大哉。道之爲道也。上而天。下而地。日月之代明。寒暑之錯行。山之所以壯。河之所以流。禽獸之飛走也。草木之榮枯也。洪纖高下。各正性命者。是道而已。人生於天地間。得是道而爲人。參三才而中立。備萬物於一心。天之所以與我者厚。而道之所以行者亦人而已噫。斯道之熄久矣。惟我文獻公。後程朱而挺生於東國。傳不傳之學。明久晦之道。允蹈實踐。而所以力行者篤。精詣深造。而所以體認者至。和順積中而闇然日章。英華發外而粹然體胖。其眞積力久之功。心得躬行之實寔千載之眞儒也。百世之師表也。天之挺夫子。旣非偶然。而天之禍夫子。又何至是哉。使天而行夫子之道。庶幾世唐虞人程朱。而嗟天之厄夫子之道。法使塞之鍾。竝聲於宋之涪。天乎天乎。斯道之將喪乎。噫。夫子之歿。五十稔于玆。而夫子之祠。尙有闕然。顧非吾郡之深羞。而亦豈非吾道之深恫哉。昔程朱子歿。而學者慕之。一嘯詠。一遊息之地。無不起院而祀之。秉彝好德之天。自有不容誣者。況夫子之鄕乎。幸我諸君子。協心同志。始事於壬子。訖切於辛酉。首

186

尾十年。几指揮籌度之勤。實我三侯之掌中耳。始焉厄夫子。俾不克展其所蘊。而終焉惠三侯而祀夫子。使後學知有依歸。天之意亦有在也耶。余之生。後於夫子。雖未及摳衣於夫子之門。聞夫子之遺風。服夫子之遺訓。竊自振勵。圖所以不獲罪於夫子之道。而恨恨末學。摘埴迷途者久。乃今設夫子之廟。祀夫子之靈。而盈庭章甫。陞降有次。拜揖進退。怳然若列侍函丈。親承警咳。立懶起敬之間。藹然有自得之樂。則凡我後學之所以激勵其節操。皷舞其情性者。未必不在於斯矣。吁。亦幸矣哉。祠宇與講堂暨東西齋及乎前門。總三十餘間。諸君子以余爲首事。請記其顚末。且名其齋舍。辭不獲。謹識其立院之意。而遂名其講堂曰明誠。取中庸明則誠之意也。堂之夾室。左曰居敬。右曰集義。取程訓之居敬窮理。鄒經之集義以生之旨也。齋之室。東曰養正。取義於蒙以養正也。西曰輔仁。取義於以友輔仁也。齋之二軒。曰愛蓮。曰咏梅。前之大門曰遵道。名各有義。而宣額曰灆溪書院。院在灆溪之上也。噫。書院之設於吾東者。周茂陵竹溪之後。始興於斯。吾儕僣踰。固所難逃。而三侯之誠意。既極繾綣。朝家之恩典。又已炳煥。其衛吾道扶世教。而啓迪乎我民。吁之韙矣哉。惟願諸君之居是院者。感三侯尙賢之誠。慕夫子倡道之風。不徒慕之。而思所以學其道。不徒學之。而思所以盡其道。體夫子沈潛精密之功。勵夫子篤實剛毅之志。而藏修於斯。涵養於斯。于以審動靜存省之際。而變化其氣質。于以察情性隱微之間。而薰陶其德性。則庶幾夫子之道。賴以不墜。而蔚然多士之有興矣。於是乎始無負於三侯。而吾儕之僣踰。亦有裨於國家右文之萬一爾。嗚呼。可不勉哉。三侯爲誰。徐公九淵，尹公碻，金公宇弘也。各以儒行著于時。嘉靖丙寅仲秋丁亥。晉山姜翼記。

187

남계서원 창건 개암 선생 기념비

죽계서원
창건 소식
듣자마자
뜻 세우고

일두 선생
가신 지
50년 만에
서원 세워

주자학
투철한 실천에
선비 최초
공 세우고

※ 주창자 介庵 姜翼, 협력자 朴承任, 徙庵 盧裸, 梅村 鄭復顯, 灆溪 林希茂, 재무 竹庵 梁弘澤, 사액 협조자 玉溪 盧禛, 九拙庵 梁喜, 靑蓮 李後白, 경상감사 姜士尙, 朴啓賢, 건축 지원자 함양 군수 徐九淵, 尹確, 金宇弘, 재정 지원자 경상감사 李戡, 재정 기부자 葛川 林薰〈葛川先生文集卷之三 天嶺書院收穀通文〉, 찬양자 李滉〈서원십영書院十詠 竹溪書院 豐基, 臨皐書院 永川, 文憲書院 海州, 迎鳳書院 星州, 丘山書院 江陵, 藍溪書院 咸陽, 伊山書院 榮川, 西岳精舍 慶州, 畫巖書院 大丘. 6.남계서원 堂堂天嶺鄭公鄕。百世風傳永慕芳。廟院尊崇眞不忝。豈無豪傑應文王。〉, 曹植〈至灆溪書院齋宿。明日。夙興謁廟。退謂二三子曰。東國諸賢中。惟此先生。庶幾無疵累矣。南冥年譜〉, 盧禛〈灆溪書院春秋享祭文 惟公學究性理。行隆孝義。蔚爲先覺。師式士類。禮宜稱祀。朝命優異。鄕邦興慕。建院祇事。玆惟仲春。恪修歲常。尙克右之。啓後不忘。〉

※ 灆溪書院尊衛錄卷之二 經任案序
至書其姓名以成一案若不好者之徒譏其院中亦有先生案則
將何當其笑侮耶余應之曰不然
創院之初誹謗朋興介菴若不聞而訖其功則謗旣止而又從而好之
一事之成百謗之起世俗之常患初豈不知笑侮之來也勢不得已也
旣有此院則必有委任者矣旣有委任者則自院不知經任者之名字

189

可乎

時萬曆己卯仲秋日西河盧士豫書于愛蓮軒

※ 靑莊館全書 卷六十九 寒竹堂涉筆下 / 灆溪廟庭碑

灆溪書院。卽鄭文獻公一蠹先生俎豆之所也。其奉祀孫德
濟。建廟庭碑。本菴撰。鄉中諸大姓士族。評議峻發。以碑文列
叙理學道統。而不錄晦齋先生。爲本菴之過。仍論德濟慫恩之
罪。德濟不得已。禀本菴改撰。本菴遂删諸賢之歷叙者。只稱
六七作。仍上石。士論猶以爲六七作之中。亦含不錄晦齋之
意。轉益層激。盧氏宣國。斧斲其碑。鑿去本菴姓名。鄭氏訴于
監司。因係宣國于咸陽獄。今經二三監司。俱未決折。聞鄭氏
言。則以爲鄉中士族之祖先。多有創建之功。而碑中祇稱姜介
菴。它不槩見。故起爭端。聞士族之言。則以爲鄭氏不謀士
林。半夜竪碑。公議不平云。

其碑曰。我東自箕子。以夷爲華。旣二千餘年。而儒學猶蔑
蔑。高麗有一鄭圃隱。而論者或以忠節。掩之當時。蓋未知尊
也。其卓然爲斯道倡。接墜緒於中土者。實自寒暄金先生。一蠹
鄭先生始。沿是而有靜菴, 退溪, 栗谷, 牛溪, 沙溪, 尤菴, 同春
諸先生。代作。至于今磊落煇赫。而天下道統之傳。歸于我矣。猗
歟盛哉。然而金鄭二先生。皆遘禍。言論風旨。不甚顯。此學者
所以想慕痛慨於千載之下者也。鄭先生世居咸陽。子孫尙傳守
焉。嘉靖年間。有介菴姜先生翼。倡議立灆溪書院。以祠先
生。丙寅。賜額。蓋 國朝之有書院。刱于周武陵之竹溪。而灆
溪次之。嗚呼。先生者。學者之祖也。灆溪者。書院之宗也。豈

190

復有尙於此者乎。書院之作。踰二百年。而庭無碑。諸生方謀伐石。刻辭以竪之。徵文於鍾厚。鍾厚不敢以匪人辭。謹按先生事行大致。畧著於實紀。而其英資異行。見聞皆服。斯固大賢之一節。至若究貫經子。辨析性氣。則秋江南公撰述。備矣。後生小子。何敢更爲模象也哉。其旌襃則發自靜菴先生。以及鄭文翼公光弼, 李文忠公元翼。連陳于朝。遂於萬曆庚戌。從祀孔子廟庭。肅宗乙卯。以鄭桐溪先生配。己巳。又享以姜介菴。皆多士疏請得 命也。介菴先生。少斥弛不羈。變而之道醇如也。誠孝出天。學造精微。立法以貴自得。務勉強爲主用。薦除昭格署參奉。拜而卒。時年四十餘。而同時儕類。咸推之爲老成宿德焉。桐溪先生諱蘊。擧進士。薦以行誼。尋擢文科。官止吏曹參判。正色直言以立朝。廢主時。斥殺弟鍟 母妃之議。竄濟州。十年後。當 仁祖丙子。在南溪圍中。屢抗章。力爭和虜。不得則抽佩刀刳腹。不殊。屏居岩谷以終。遂以身。負天下萬世綱常之重。噫。鄭先生之道。尙矣。若姜鄭二先生。或以篤學。或以峻節。皆配享之。斯可以永垂來後而不泯。何待碑哉。雖然。從今以往。入是院而覩是碑者。爲激感於諸先生之道德節義。而知自勵。入而孝順於家於鄉。出而忠於國。則碑亦有助矣。諸君子。盍相與勉之。後學淸風金鍾厚撰。黃運祚書。

연암실학건축공원

청나라에
북학하여
벽돌 가치
깨달았네

안의에
부임하여
붉은 벽돌
집 지었네

보는 이
휘황찬란했다네
이제 다시
눈 비비네

※ 瓛齋先生集卷之一 花木歌。寄安義金得禹 幷序。

王考燕岩公莅安義時。邀念齋先君芝溪公。屢爲溪山文酒之
遊。癸丑春。倣蘭亭故事。流觴賦詩。當時文章士會者甚盛。芝
溪公與人書。有曰僕到花林四十日。處荷風竹露之舘。主人使
君時豐政簡。封篆可有三分日晷。輒來居客位。琴樽古雅。書
劍整暇。韻釋名姬。動在左右。酒酣輒揚扢千古。浩浩落落。此
樂可敵百年。花林。邑之古號也。有搜勝臺猿鶴洞諸勝。己丑
歲秋。念齋會伯氏醇溪宜寧任所。得禹自花林往拜。得禹逮事
知印童子也。津津說當時事。念齋贈詩。亦及其先公事。得禹
寄示。仍求余詩。作此詩寄之。

南州客子號信天。去年築屋臨錦川。錦川流水碧演迤。萬竿
脩竹眞可憐。尺素北走千里足。求我大字侈松欐。念齋丈人今詞
伯。文彩風流追前賢。花林舊遊詩中說。屈指坐數四十年。當
時勝事播人口。田夫野老猶能傳。躬及見者今無幾。如君鬢毛
亦皤然。山靑水白如昨日。屐痕依然翠微巓。安得腋下傅雙
翼。斗酒與君相後先。歷歷往事說不倦。坐我搜勝猿鶴邊。漢
陽四月鶯花晚。綠陰纈戶足晝眠。强筆作字寄君去。只結天涯
翰墨緣。從今夜夜勞夢想。錦川齋畔月娟娟。

무진참미술관

덕유산의
한국화가
천부적인
붓놀림

지리산을
상징하는
베 그림
그려주다

심진동
참 찾아가다
참 없다고
그림 있다

※ 무진無眞 정룡鄭龍 : 1940년 부父 파민波民 정덕상鄭德相의 장남으로 태어났다. 부 정덕상은 일본 오사카大阪 미술대학을 졸업, 1950~1960년대 마산 등지에서 교편생활을 했다. 말년에 향리 함양군 안의면에 귀향, 창작 활동을 했다. 화명畵名은 호昊이다.

무진은 어릴 적 '한국이 낳은 소년 피카소'로 유명했다. 1956년 이승만 대통령의 초청으로 경무대에서 그림을 선보였다. 60여 년의 화력畵歷을 다하고 2017년 1월 29일 고향 안의에서 별세했다. 2006년 제1회 함양죽염축제 때 인산 선생을 의선에 비겨 의선도醫仙圖를 그려주어 현재 인산한의원에 걸려 있다. 2012년 제4회 지리산시낭송축제 때 쌍포도雙布圖를 그려주어 지리산문학관에 걸려 있다.

육십령우적가향가공원

영재 스님
우적가에
60 산적
도인 되니

육십령
이름값은
회개하는
고개라

향가의
창작 무대요
교도관의
성지라

※ 우적가

자의심미自矣心米 [제 마음의]

모사모달지장래탄은貌史毛達只將來呑隱 [모습이 볼 수 없는 것인데]

일원오일□□과출지견日遠鳥逸□□過出知遣 [日達鳥逸 달이 난 것을 알고]

금탄수미거견성여今呑藪未去遣省如 [지금은 수풀을 가고 있습니다]

단비호은언파□주但非乎隱焉破□主 [다만 잘못된 것은 強豪님]

차불□사내어도환어시랑次弗□史內於都還於尸朗 [머물게 하신들 놀라겠습니까]

차병물질사과호此兵物叱沙過乎 [兵器를 마다하고]

호시왈사야내호탄니乎尸曰沙也內好呑尼 [즐길 法을랑 듣고 있는데]

아야 유지이오음지질한은선능은阿耶 唯只伊吾音之叱恨隱善陵隱 [아아, 조만한 善業은]

안지상택도호은이다安支尚宅都乎隱以多 [아직 턱도 없습니다]

『삼국유사』권5 ‘영재우적永才遇賊'

※ 永才遇賊

釋永才性滑稽. 不累於物. 善鄕歌. 暮歲將隱于南岳. 至大峴嶺. 遇賊六十餘人. 將加害. 才臨刃無懼色. 怡然當之. 賊怪在而問其名. 曰永才. 賊素聞其名. 乃命□□□作歌. 其辭曰. 自矣心米 皃史毛達只將來呑隱日遠鳥逸□□過出知遣 今呑藪未

去遺省如 但非乎隱焉破□主次弗□史內於都還於尸朗也 此兵
物叱沙過乎好尸曰沙也內乎吞尼 阿耶 唯只伊吾音之叱恨隱潸
陵隱安支尙宅都乎隱以多

賊感其意. 贈之綾二端. 才笑而前謝曰. 知財賄之爲地獄根
本. 將避於窮山. 以餞一生. 何敢受焉. 乃投之地. 賊又感其言.
皆釋釰投戈. 落髮爲徒. 同隱智異. 不復蹈世. 才年僅九十矣.
在元聖大王之世. 讚曰. 策杖歸山意轉深. 綺紈珠玉豈治心. 綠
林君子休相贈. 地獄無根只寸金.

※ 潘谿集卷之六 / 七言律詩 / 登六十峴

1

幾回逾嶺訪松楡。三十年來只此軀。
地軸萬重騰汗漫。乾端四壁挿虛無。
長雲老雁吟中料。落日孤煙醉後圖。
九月南荒秋色淨。一鞭遊興滿江湖。

2

隱隱曉鍾靈覺寺。氄氄霜葉壁雞城。
馬知舊路行迢遞。木喜淸秋下杳冥。
千里每窮南斗望。五雲遙隔北辰誠。
西風淡日催佳句。猶自孤吟滯客程。

※ 魯西先生遺稿續卷之一 / 詩 / 踰六十峙。秫望德坪

198

曉發梧桐嶺。朝過六十巘。

玉山村洞壑。靈覺寺雲煙。

桂樹深招隱。霞標迥挹仙。

望中蒼翠合。回首若從天。

※ 謙齋集卷之三 / 詩 / 過六十峙。峙在安陰, 長水兩境。距
安六十里。故名。

短僕驅羸馬。穿雲上嶺頭。

穹林不見日。盛夏忽如秋。

乍聽人聲喜。頻逢虎跡愁。

猶存丈夫志。未厭四方遊。

목은시조공원

국화꽃
골짜기에
목동 아재
깃들다

눈 내린 산
둘러보며
나라 걱정
잠 못 들다

우국의
탄식 소리가
메아리로
울리다

※ 함양군 유림면 국계리에 제계서재란 목은 이색李穡(1328~1396)의 별장이 있었다. 그 터는 태종 옹립 공신, 함양 유배객 이숙번李叔蕃(1373~1440)이 차지했다가 그 사위 강순덕에게 상속되었다. 강순덕은 양자 강희맹姜希孟(1424~1483)에게 전해주었고, 강희맹은 사위 김성동金誠童(1452~1495)에게 상속하였다. 김질의 아들인 김성동의 묘소와 신도비가 함양에 있다가 비는 남고 묘소는 경기도로 이장하였다.

※ 咸陽郡誌 古蹟〈蹄溪書齋〉在郡南三十里花長山下, (今菊溪里) 李穡, 寓居時, 有此齋, 三八□七年(1474, 성종 5)頃成宗時, 姜希孟, 重修, 今遺址尙存焉, 姜弼周, 以希孟后孫, 爲郡時, 有詩□今無□姜弼周詩方塘土塞蔴初藝古岸沙崩樹半傾桑梓今爲誰氏物石淙猶送舊時聲

※ 제계서재 터에 시조비를 세우고 관련 한시비도 세워 목은시조공원 조성 희망.

※ 李穡 白雪歌
백설이 잦아진 골에 구름이 머흘레라
반가운 매화는 어느 곳에 피었는고
석양에 홀로 서 있어 갈 곳 몰라 하노라

뇌계시조공원

북으로
바라보매
임금 신하
아주 멀리

남으로
내려오매
모친 아들
한자리

조령에
올라 지은 시
기러기 편에
부치리

※ 함양군 함양읍 상림 끝에 있는 뇌계공원에 성종시조비 1개 만 있는데 뇌계潘谿 유호인兪好仁(1445~1494)의 한시 번안 시조비 등도 세워 뇌계시조공원 조성 희망.

※ 성종 어제가

이시렴 부디 갈따 아니 가든 못 할쏘냐

무단히 슬터냐 남의 말을 들었느냐

그려도 하 애도래라 가는 뜻을 일러라

※ 潘谿集卷之五 五言律詩 〈登鳥岾〉

凌晨登雪嶺。春意政濛濛。

北望君臣隔。南來母子同。

蒼茫迷宿霧。迢遞倚層空。

更欲裁書札。愁邊有北鴻。

옥계시조공원

나라 정려
내려야
효자 칭호
쓸 수 있다

옥계는
효자다
판서 벼슬
청백리다

임금과
어머니 위하여
만수무강
시조 읊다

※ 함양군 지곡면 연지공원에 옥계 관련 시조비를 더 세우고 확장하여 옥계시조공원으로 명명 희망. 옥계玉溪 노진盧禛(1518~1578)은 청련 이후백, 구졸암 양희와 함께 천령삼걸天嶺三傑로 불렸다. 함양의 구천서원에 삼걸사三傑祠를 따로 지어 향사하는 것이 합리적.

※ 선조 어제가御製歌 先生上章歸養 方渡漢江時 宣廟特製此歌 寫于銀錚 追遣中使以贈之
오면 가려 하고 가면 아니 오네
오노라 가노라니 볼 날이 전혀 없네
오늘도 가노라 하니 그를 슬퍼하노라

진풍연進豊宴 헌만수산가獻萬壽山歌
만수산萬壽山 만수동萬壽洞에 만수천萬壽泉이 있더이다
이 물에 술을 빚어 만수주萬壽酒라 하더이다
이 잔을 잡으시오면 만수무강萬壽無疆하시리다

모부인수연가母夫人壽宴歌
일중日中 금金까마귀 가지 말고 내 말 들어
너는 반포조라 조중鳥中의 증삼曾參이니
오늘은 나를 위하여 장재중천長在中天 하였고자

모부인답가母夫人答歌
國家太平하고 萱堂에 날이 긴 제 머리 흰 判書 아기 萬壽盃 드

205

리는고

　每日이 오늘 같으면 셩이 무엇 가시리

　아마도 一髮秋毫도 聖恩인가 하노라

　附次 門人趙宗道號大笑軒□趙宗道

　가마고 톡기 즘셩 그 무어시 바앗바셔

　九萬里長天을 허위허위 가는고

　이제는 십 니에 한 번식 수염수염 가렴으나

※ 感樹齋先生文集卷之五 / 雜著 / 天嶺孝烈錄

　玉溪盧公諱禛字子膺。居介坪。己卯薦科參奉信古堂友明
子。年八歲喪父。悲哀如成人。母勸之食肉。不許曰吾今年八
歲。若過再忌則十歲矣。安有十歲之人。不服父喪者乎。自是
不與羣兒嬉遊。讀書深思。已如成人。十三學大學於鄕師。已
知其大義。十八未冠中別科初試。對殿策。考官見其卷子。皆
欲取之。時金安國爲上試官。是公之父友也。以爲年少登科不
幸。不果取。二十中丁酉生員一等。二十九登丙午增廣。龍榜
司馬則與兄禧爲同年也。自少時。事母祇順。事兄如父。訓其
弟能不失家聲。官至正卿。母尙無恙享其養。爲親常乞邑。在
朝者無多日。嘗以通政作昆陽郡守。爲其便養也。所居堂扁曰
養休。年五十九丁母憂。旣葬盧于墓側。晨上塚哭盡哀。若大
雪大雨。於詹下望哭焉。監董石役。寒暑不廢。公自少素患脾
胃。衰年盡禮。人皆以爲難保朝夕。朝廷遣醫常在其側。醫勸
董菜以助氣力。終不肯從。服闋未禫。丁國憂奔哭。羸毁之

餘。身疾遽作。歷拜刑吏曹判書。視事不能如意。年六十一。卒
于京中。事聞旋閭。公天性渾厚端確。不妄言笑。聞道早。旣精
思力踐。處事精敏。無不翕服。終日危坐。燕居不廢。對人循
默。正是一團春風。及至論事。慨然精氣激切。以柔濟剛。敎人
必自小學始焉。又以四書爲階梯。其待親舊。雖窮且餓。接引
濟恤。必盡恩義。無不得其歡心焉。其返柩也。時在冬月。虹藏
不見。而時自南原至故里。數日之間。或雨或晴。沿路虹見。隨
滅隨起。此實異事。古之賢人君子之卒也。或多有風水星虹之
異焉。殆不誣也。閤郡各坊。備物爲文以祭之。鄕人爲立祠于
溏州。

※ 泰村先生文集卷之五 / 效嚬雜記下 / 餘話 / [盧判書梁僉
知道相反而事亦相反]

盧判書, 梁僉知。皆天嶺人也。梁則歷典州縣。聽斷嚴明。邊
幅修飾。所莅之地。皆有去思。而孝友之道。頗似忽畧。大夫人
雖享專城之養。而不樂官府。思歸胤子家矣。玉溪自少乞縣。悃
愊無華。吏治疎迂。下車之處。不無所憾。而婉愉之養。怡悅之
樂。人無間然矣。二公之道正相反。而身後之事亦相反。玉溪
有子有孫。率皆和順。不至齟齬。保全門户。梁則胤子弘澍。衆
惡俱備。爲人所棄。墜其家業。餘皆無後而夭。嗚乎。福善禍
淫。天之道也。永錫子孫。各以其類。報應不忒。可不懼哉。

청련시조공원

함양에서
태어나고
함양에서
순직하고

강진에
이주하고
파주에
묻히고

명목은
천령3걸인데
그 자취는
어디 있나

※ 청련青蓮 이후백李後白(1520~1578)은 함양군 개평촌에서 태어나고 어릴 때 수동면 승안사에서 공부하였다. 감사의 순행이 지나가도 무관심하게 열공한 고사가 있다. 그때 지은 시가 「탑가의 소나무」이다.「塔松。幼時作」一尺青松塔畔栽。塔高松短不相齊。傍人莫恠青松短。他日松高塔反低。

※ 16세 때 지은 「소상팔경」 연시조가 유명하다.〈青蓮先生集青蓮先生李公行狀 [宋時烈]〉"嘗作〈瀟湘八景〉歌詞。傳播京中。或騰諸樂府。自是聲名益振。京師文士。皆遲其至。時年十六矣。"

※ 이후백 옥매가玉梅歌
옥매 한 가지를 노방路傍에 버렸거든
내라서 거두어 분盆 위에 올렸더니
매화 이성랍已成臘 하니 주인 몰라 하노라.
원제 「백련 문익주(1535~1605, 靈巖生)에게 주다贈文白蓮益周」

※ 本庵集卷七〈泰仁縣監文公墓碣銘〉:嘗與青蓮好。及青蓮薦公除官。則絕不往。青蓮作歌以諷之。

※ 문익주文益周(1535~1605):조선 선조宣祖 때의 문신. 본관은 남평南平. 효렴孝廉으로 이후백李後白의 천거를 받아 낭천현감狼川縣監·태인현감泰仁縣監을 지냈으며, 청렴한 목민관으로 칭송받았다.

개암시조공원

남명의
애제자로
함양의
모범 선비

서원운동의
선구자
불굴의
개척자

양진재
은거한 뜻을
소쩍새가
알리오

※ 우리나라 서원운동사에서 첫 번째 인물 벼슬아치 주세붕에
이어 두 번째 인물 선비로 남계서원을 창건한 개암介庵 강익姜翼
(1523~1567) 선생이 함양군 마천면에 은거한 양진재 터에 개암의
「단가삼결」 시조 3수와 한시 「龜谷。初結養眞齋。手植梅菊有感」
등의 번안시조 시비를 세워 개암시조공원 조성 희망.

※ 介庵先生文集上 詩〈龜谷。初結養眞齋。手植梅菊有感。〉
誅茅龜谷及新春。不是貪山爲養眞。
梅菊已憐冥契宿。故穿溪雨種慇懃。

※ 단가삼결短歌三関
1. 물아 어디 가는나 갈 길이 멀어셔라
뉘누리 다 채와 지내노라 여흘여흘
滄海에 몯 밋츤 젼에야 그칠 쥴이 이시랴
2. 芝蘭을 갓고랴 하야 호믜를 두러메고
田園을 도라보니 반이나마 荊棘이다
아이야 이 기음 몯다 매여 해 져믈까 하노라
3. 柴扉예 개 즞는다 이 山村에 긔 뉘 오리
댓닙 푸른데 봄ㅅ새 울소리로다
아이야 날 推尋 오나든 採薇 가다 하여라

※ 介庵先生文集上 / 西溪唱酬 / 附金東岡唱酬錄序
嘉靖丙寅仲夏十三日。姜松庵仲輔, 盧徒庵子將, 鄭梅村邃
初, 梁竹庵浩然。與開巖舍兄洎余。會話于蘫溪書院。共結西溪

211

之約於旣望之日。是日也乍陰乍晴。諸君不失期。相候于潘溪
邊樹下。邀我輩同行。鄭竹軒仲尹,曹梅庵幼淸。與沙溪舍兄隨
焉。共訪西溪。溪在天嶺郡西未十里。林深谷幽。石潔泉淸。諸
君皆卸馬洞門。足踏苔巖。五步一顧。十步一坐。每得佳處。輒
相嘯詠沈吟。咸有得得之趣。於是。各賦言志。以記淸遊。

松庵梅庵與開巖。酣歌相和。逸興發越。松庵歌所製數闋。思
致平遠。尤可玩賞。令人一唱三歎。歌罷。遂騎馬帶雨而歸。至
廣惠院。相與登樓。敍話霎時而別。噫。穹壤百年。極欠一會。良
朋之合。雲水之樂。得一猶難。而又兼之耶。此吾所以酣觴賦
詩。嘯詠長吟。而不能自已者也。他年索居中。夢想淸遊。應不
堪神魂之飛越。唱酬瓊玉。當爲諸君面目於此時矣。於是乎錄
而藏之。是月念日。直峯金宇顒。記

※ 介庵先生文集下 / 附錄 年譜: 嘉靖四十五年丙寅。先生年
四十四歲。松庵梅庵與開巖。酣歌相和。逸興發越。松庵歌所
製數闋。思致平遠。尤可玩賞。令人一唱三歎。歌罷。遂騎馬帶
雨而歸。

※ 薇山遺稿卷之四 / 記 / 奉審介菴姜先生遺藏冠子小識
庚午四月二十二日 至文獻洞 與姜君德一 入登龜 住第九松
臺下三槐亭上 將奉審介菴姜先生冠子

金翁某迎入 曰昔先生之隱遯于此也 當時諸賢君子 多從遊之
及先生赴召 以冠與杖聯名錄及八 條件物 授之先祖 曰吾無可
贈 願異日以此而如見我也 云云 遂拜受 世奉而勿失 後來有別

212

論 以各件物及遺杖 奉置于灆院 而今皆不知所在 獨冠子則 世奉於家 及老身再緣火患 雖急遽之中 必先奉出 或鄰人挺身先救 奉至今日 遂解一箇裹封 掃塵而解結 蓋冠子以黑鬣尾結之 上圓下方 密直而綸理甚精 於是敬奉細審 已非近世庸工之所可結 嗚呼 顧謂德一 曰有志於學者 幸生先賢之後 得聞先賢之道 多或有之 生於先生三百年後 奉見先生三百年前之冠 又幾人 不覺一感一歎 金翁又跪而言 曰 前侯尹公時 先父忽被奉冠來入之令 至官門 官人請入夾門 先父厲聲大叱 曰吾奉先生冠子 不入正門而何夾門爲 尹侯聞之大愕 曰吾過矣 幾失體面 稱謝云云 噫 孰謂山谷不學之人 能知如此體統乎 宜其爲先生主人之孫矣

213

허영자문학관

휴천초교
관사에서
태어나
아장아장

지리산이
서정 길러
천왕봉과
동급 시인

교사를
리모델링하여
문학 산실
다시 나다

이외수문학관

중국의
함양에는
진시황제
당당하고

한국의
함양에는
트위터대왕
나셨다

서울엔
셋이서문학관
고향 터엔
독존이다

논개문학관

양귀비꽃
붉은 마음
여류 충신
논개여

의기사
기문부터
수주의
찬시까지

문학의
주인공 기리는
여기 어디
또 있나

婦人之性輕死。然其下者, 或不耐忿毒, 幽鬱而死, 其上者義
不忍汚辱其身而死, 及其死, 槩謂之節烈。然皆自殺其軀而
止。至若娼妓之屬, 自幼導之以風流淫蕩之物, 遷移轉變之情,
故其性亦爲之流而不滯, 其心以爲人盡夫也。於夫婦尙然, 矧
有能微知君臣之義者哉? 故自古兵革之場, 縱掠其美女者何
限, 而未嘗聞死節者。昔倭寇之陷晉州也, 有妓義娘者, 引倭酋
對舞於江中之石, 舞方合抱之, 投淵而死, 此其祠也。嗟乎, 豈
不烈烈賢婦人哉! 今夫一酋之殲, 不足以雪三士之恥。雖然,
城之方陷也, 鄰藩擁兵而不救, 朝廷忌功而樂敗, 使金湯之固,
失之窮寇之手, 忠臣志士之憤歎恚恨, 未有甚於斯役者矣。而
眇小一女子, 乃能殲賊酋以報國, 則君臣之義, 皦然於天壤之
間, 而一城之敗, 不足恤也。豈不快哉! 祠久不葺, 風雨漏落,
今節度使洪公, 爲之補其破觖, 新其丹碧, 令余記其事, 自爲詩
二十八言, 題之矗石樓上。

楓川渡口水猶香, 濯我須眉拜義娘。
蕙質何由能殺賊, 藁砧已自使編行。
長溪父老誇鄕産, 矗石丹青祭國殤。
追想穆陵人物盛, 千秋妓籍一輝光。

변강쇠타령문학관

변강쇠는
강한 쇠니
옹녀는
옹헤야고

등구 마천
터를 잡아
제이 인생
꿈꾸었네

장승의
동티 났다고
질서 의식
함양이네

※ 함양군 마천면 등구 지역에 살던 변강쇠와 옹녀를 주인공으로 하는 판소리 문학. 판소리 12마당, 동리 신재효 개작 6마당 중 하나가 변강쇠타령, 변강쇠가 또는 횡부가, 가루지기타령이다. 명실상부하게 등구사 근처나 등구초교에 문학관을 설립하길 희망. 남원시 산내면의 백장사는 당나라 고승 백장회혜 대사를 기념하여 이름 붙인 절이니 백 개의 장승이라고 견강부회하여 백장공원을 만든 것은 무료하다.

※ 필자는 한국문학관협회 감사로서 1지자체 1문학관 건립운동을 전개하여 사회 소통망에 오늘의 문학관 일일시조를 연재하고 있다. 남원에는 혼불문학관이, 곡성에는 조태일시문학관이, 무주에는 김환태문학관이 있다. 진안 임실 순창 장수 거창 함양 산청 진주 광양 구례에는 공립 문학관이 하나도 없다. 문학의 불모지이다. 고전문학관으로 건립된 것은 전국에 담양의 한국가사문학관 하나밖에 없다. 판소리문학관으로 함양에 변강쇠타령문학관을 건립하면 선두를 점할 것이다.

4

국토음 20수

대한문

한류의
나라에
한류 서울
맞는가

전한 후한
어느 나라
속국 문화의
상징 오래

버젓이
서울 한복판
한족 유커
자부하다

※ 대한문大漢門은 대한문大韓門으로, 한강漢江은 한강韓江으로,
남한산성南漢山城은 남한산성南韓山城으로, 북한산北漢山국립공원
은 삼각산국립공원으로 바꾸어 한국 것임을 알아보게 해야 한다.

청와대

지겹지도
않은가
70년간
대권 말로

하다 하다
무당 떨거지랑
나라를
들어먹네

총독 집
헐어버리고
청남대로
옮기다

함양 로타리정신비

로타리의
이상은
초아의
봉사이지

타인을
배려하는
로타리안의
마음씨

리타와
자리의 보살행
로타리안의
몸가짐

언양 위열공 김취려의 묘

언양에
김씨 있다
경순왕의
7남 자손

문열공이
복구했다
위열공의
산소를

호국과
순국선열이다
후손 긍지
가질 만

門下平章事文正公 趙冲、門下侍中威烈公 金就礪, 契丹遺
種金始、金山二王子, 領兵闌入北鄙, 入保江東, 高宗命冲及就
礪擊之, 時, 蒙古元帥哈眞、東眞元帥完顔子淵, 合兵聲言討丹
救我, 攻和、孟、順、德四城破之, 直指江東, 中外震駭。冲等
請于朝, 與哈眞、子淵約和, 破江東降之, 遂與哈眞等同盟, 結
爲兄弟之國, 二人皆配享高宗.

정렬사

나를 찾아
나주에
한 해 한 번
찾아가네

사해천자
백호 얼
문학관에
찾아보네

의병을
일으킨 날에
문열공 혼
참배하네

乙丑八月十九日

國王遣近侍臣承政院承旨徐命珩。諭祭于 贈領議政文烈公
金千鎰, 贈左副承旨金象乾, 贈左副承旨梁山璹之靈。疾風震
蕩。勁草可見。火焰飆烈。貞玉靡變。惟卿忠義。乃其素積。早
服師敎。志勵行篤。薦以遺逸。遂揚于朝。敢言直前。矢死不
撓。貌雖不揚。志堅如鐵。爲義之勇。賁育焉奪。粤在龍蛇。島
夷狂猘。凶鋒所指。八路靡潰。 龍馭西狩。兩京灰燼。捍失藩
壁。固無涯岸。卿始屏居。忼慨灑泣。奮臂一呼。有衆雲集。進
軍隋城。賊衆我寡。潛師夜襲。賊銳稍挫。間道走裨。達我 行
宮。曰嘉乃功。賜號褒忠。賊據漢京。卿在甲浦。譬曉逆順。義
人日附。耀兵楊花。蒙衝四百。進爲聲援。京師遂復。哭 廟邱
墟。雲殭風帀。賊退而南。命卿追躡。晉介嶺湖。爲我控扼。卿
入以保。以遏旭毒。月晦誓衆。義士同仇。歸師環攻。援絶蚍
蜉。編竹替櫓。砲穴中礮。賊覘東隅。有發輒殪。肩輿巡勞。手
糜哺士。城危一髮。人無叛意。積雨堞潰。賊乃乘之。矗石樓
下。水流瀰瀰。卿拜向北。臨死益暇。卿有賢子。從卿命舍。投
死如歸。水爲沸咽。璹亦壯士。巡, 遠之人。城雖陷敗。國其有
賴。遮遏兩藩。伊誰之勘。聖朝褒贈。以示愍慟。指揮之誅。爲
卿增重。卿之倡義。實自錦城。士民慕傷。起祠妥靈。歲月寢
遙。籩鉶罔怠。有奏于筵。有興予慨。睠彼晉南。事如雲水。想
像遺烈。英魂不死。爰命近侍。玆薦芬苾。魂如不昧。尙亦歆啜。

복양자연구소

태백5현
후손으로
법전 강씨
명문가라

부자가
대를 이어
참동계를
연찬하다

도호를
복양자라 하니
선비 도사
새롭다

※ 강헌규姜獻奎(1797~1860) 조선 후기의 학자. 본관은 진주, 자
는 경인京仁, 뒤에 경수景受라 고쳤다. 호는 수소재守素齋·농려農
廬·함일당涵一堂. 아버지는 돈녕부도정 필효必孝, 어머니는 의성
김씨로 국찬國燦의 딸이다. 뒤에 승지 필로必魯에게 입양하였다.
1822년(순조 22) 사마시에 합격하고 성균관에서 연구하다가 모친
상으로 고향에 돌아왔다. 그 뒤 마을에 사숙을 세워 후학을 양성
하면서 학문에 몰두하였다. 저서로는『농려집』『농려잡지』외에
『춘추의례春秋義例』『삼례고증三禮攷證』『춘추문목春秋問目』등의 경
전 연구에 관한 것이 있다. 도호는 태백산인太白山人 복양자復陽子
이고, 도교 편집서로『주역참동계연설周易參同契演說』이 있다.

관왕묘

오방에
하나씩
관왕묘
들어섰지

북묘 살던
진령군
국정을
농단했지

순실한
척하는 무리
나라 머리
결딴냈네

南廟 關王廟

漢家大將顏如棗
古廟凄涼碧海隅
星辰黼黻尊皇帝
風雨乾坤大丈夫
天長釰峽啼猿狖
春盡荊州唱鷓鴣
南北大江終夜去
呂蒙城上月輪孤

용문산도관

대한제국
고종황제
용문산에
세운 도관

운계서원
용문사와
최초 유일
삼교 성지

그 자리
다시 세우면
한류 도관
삼삼하리

※ 이능화李能和(1869~1943. 4. 12.)〈조선도교사朝鮮道敎史〉

고종 광무년간(1897~1907)에 지운영과 최시명崔時鳴(1899 언양 군수)이 중국 강서성 용호산에서 장천사상張天師像을 모시고 와서 경기도 양평의 용문산에 도관을 세우고 봉안하였다.

지운영池雲英(초명은 運永, 1852~1935)

본관 : 충주. 호 : 설봉雪峰. 백련百蓮. 주요 작품 : 후적벽부도後赤壁賦圖, 남극노인수성도南極老人壽星圖, 동파선생입극도東坡先生笠屐圖. 의성 고운사 수월 영민대선사의 비문을 찬하고 쓰다. 조선 후기의 서화가로 유·불·선에 통달했고 시·서·화에 뛰어나 삼절로 불렸으며 특히 해서와 산수화, 인물화에 뛰어났다.

1884년(고종 21) 통리군국아문주사가 되고, 1886년 정부의 극비 지령을 받아 특차도해포적사特差渡海捕賊使로서 도일, 도쿄·요코하마 등지에서 김옥균金玉均, 박영효朴泳孝 등의 암살을 꾀하다 일본 경찰에 잡혀 비밀문서, 비수 등은 압수당하고 본국에 압송, 영변으로 유배되었다. 1889년 풀려나와 은둔 생활을 했다. 일본에 건너가서 사진을 배워 온 지운영은 사진 도입에 있어서 가장 선구적인 업적을 남겼다. 그는 한인으로서는 최초로 고종황제의 어진을 촬영하기도 하였다.

1892년 중국의 소주와 항주 등지를 여행하였고「동파선생입극도東坡先生笠屐圖」를 임모하여 돌아왔다. 지운영은 고종의 명으로 중국 도교 용호산 아래 중국 도교 천사도에 가서 천사도를 수입하여 경기도 양평의 용문산 아래 도교의 도관道觀을 열고 초대 천사인 장천사의 상을 모셨다.

지운영은 유명한 지석영池錫永의 친형이다.

봉우리 카페

금강 가에
아담한
눈 덮인
카페에서

따끈한
대추차에
환한 미소
몸 녹인다

만나고
다시 못 만나고
강물 눈물
흐른다

지리산

지리산을
들었다 놨다
항우 같은
장정인 듯

뭇 사내
부러운걸
힘 한번
못 써본걸

성모가
주재하는 산
희열감도
성스럽다

퇴수정

말단 벼슬
하라고
물러나
덕을 닦지

지리산
맑은 물가
신선놀음
괜찮지

자손들
뜻 잊지 않고
정자 세워
기리지

※ 문화재청 문화유산 정보 : 퇴수정退修亭, 전라북도 문화재자
료 제165호. 전북 남원시 산내면 대정리 827번지. 지정(등록)일
2000년 11월 17일. 조선 후기에 벼슬을 지낸 박치기가 1870년에
세운 정자이다. 박치기는 벼슬에서 물러나 심신을 단련하기 위해
이 정자를 지었다고 한다. 그래서 정자 이름을 '퇴수정'이라고 하
였다.

디지털남원문화대전의 설명도 이러한데 다 틀렸다. 1930년의
경오년을, 60년을 잘못 추산하여 1870년이라 한 것이다. 바른 설
명은, 퇴수정退修亭은 벼슬을 마다하고 반선대伴仙臺를 조성한 매
천梅天 박치기朴致箕(1825~1906)의 유지를 이어 반선대 남쪽에
박치기의 차남 율포栗圃 박상호朴相湖와 장손 연포蓮圃 박동한朴
東漢(1879~1960)이 1930년에 정자를 짓고 퇴수정이라 한 것이다.

박치기는 농월정주인 지족당 박명부의 후손으로 안의에서 태어
나고 중간에 산청에 살고 만년에 운봉에 자리 잡았다. 62세에 선
공감가감역을 제수했으나 벼슬하지 않았다. 무덤은 함양읍 제한
역동네에 있다.

〈추범秋帆 권도용權道溶(1877~1963) 歲庚午(1930) 陽復之月
退修亭記 현판 "泰川之弟相湖君 作亭于臺之上 顔之以退修"〉,
〈秋帆文苑續集上卷五 叢文 退修亭記 庚午〉, 계간《시와소금》
2012년 가을호(통권 03호) 지리산문학관 한시기행 ③김윤숭 : 퇴
수정 주련退修亭柱聯에 자세히 고증하다.

디지털남원문화대전의 설명에서 "1870년 가선대부 공조참판
을 지낸 박치기朴致箕"라고 하였는데 틀렸다. 면서기도 안 한 사람
이 재정부 차관을 지냈다면 말이 되나. 지낸 게 아니고 증직된 것

이다. 박치기는 80세 수직으로 통정대부에 오르고 증직으로 공조
참판을 추증한 것이다. 〈俛宇先生文集卷之百五十四 墓表 繕工
監假監役贈嘉善大夫工曹參判朴公墓表 癸丑〉

※ 俛宇先生文集卷之百五十四 / 繕工監假監役 贈嘉善大夫
工曹參判朴公墓表 癸丑

公諱在箕。後改致箕字禹瑞姓朴。高麗侍中密城君彦孚之後
也。本朝有忠毅公天卿。以勳亦封密城。孫允利師事畢齋金文忠
先生。歷五世而有參判明榑號知足堂。遊寒岡鄭先生之門。又
三世而曰泰敏。以孝 贈敎官 旌其閭。其子台鉉世其孝。亦 贈
敎官。是生漢朝, 生之默, 生潤相, 生以碩。公之考也。娶水原
白光雲女。純廟乙酉(1825)生公。天姿質直。性勤儉。治家有
度。外內各授以職。必責其成功。臨事志益勵。不究竟未嘗休。黎
明而起。盥櫛灑掃。摠攬庭宇。不留一塵曰要令此心淸明。自奉
甚約。而周窮賑飢。未嘗有吝色。宗黨鄰里莫不頌其義。公生于
安陰之世鄕。中移山陰。晚喜山水之勝。卜居于雲峰之頭流山
下。徜徉嘯傲以終老。自號曰梅川。年六十二授繕工郎不仕。後
以耆典陞通政階。享壽八十二而沒。贈水部亞卿。始葬于山陰
之池谷。更遷奉于咸陽蹄閑洞曲田山背庚之原。貞夫人慶州李
氏士人奇民女。擧一男相喆郡守。後配咸安趙漢基女。生二男
相湖, 相喜。四女嫁李秉彦, 姜周文, 權秉梓, 吳允相。郡守三
男東漢, 東恂, 東宇。相湖一男東勝。

※ 俛宇先生文集卷之百六十 / 通訓大夫行泰川郡守朴處安

墓碣銘 幷序□癸丑

故泰川郡守朴君相喆字處安。以勝國侍中密城君彦孚爲鼻
祖。我 朝有忠毅公天卿。勳蹟甚茂。又有禮曹參判知足堂先生
明榑。其十一世大父也。曾祖潤相。祖以碩未達。考致箕監役
贈參判。妣慶州土人李奇民女。哲廟壬子(1852)。君降之年
也。性柔善。與物無忤。事親承順。周旋必謹。竭力致甘膬。養之
以志。親有疾。行不正履。夜不假寐。湯必先嘗。一飯再飯。惟親
之視。如是者積五晦朔不惰。卒以得甦。人莫不服其誠孝。年既
艾而若嬰兒然。惟悅親是務。友愛同氣。飢飽與一。睦于宗
族。賙其窘若不及。推之鄰里朋友。咸盡其仁。必以親命將之而
不自居焉。有以行 聞者。授金吾郎。外除西郡而不久試焉。丙午
(1906)丁參判公憂。哀毀甚。翌年丁未(1907)竟不勝喪。識者
咸咨嗟焉。葬于雲峯縣東書堂洞庚向之原。有三男曰東漢。同
福人吳應相外孫。曰東恂, 東宇。咸陽人朴應哲之女之出也。東
漢甫請余以銘君之墓者。銘曰。

篤于家。本之立矣。得于國而不克大展。未可謂無所業也。順
德之推。將何往而不融洽也。

한라산

한라산에
오른다
백록담에
눈 내린다

흰 사슴이
빠진다
그 주검을
꺼낸다

한라산
소주 마신다
한라봉을
맛본다

제주특별자치시

가장 큰 섬
가장 큰 시
제주도를
단일 시로

제주목과
서귀포는
시청에서
구청으로

온, 큰, 한
제주특별자치시
서울 세종
정족지세

제주해군기지

북한의
화력이면
제주도쯤
누워 떡 먹기

기습해
차지하면
협공은
식은 죽 먹기

길 터라
결사 막아라
평화의 섬
무장해제

추사세한도기념관

가을이라
겨울 오고
추워지니
세태 알지

추사 적거지
제주 추사관
세한도의
탄생지다

명작의
고향을 찾아서
사제의 정
느껍고

독도 애국가

독도 바다
백두산이
마르고
닳도록

애국가
가사 바꿔
국가로
법정하다

나라 땅
지키는 마음
의례 으레
일깨워

녹색천하

사람은
사람끼리
짐승은
짐승끼리

사람은
잗에 살고
짐승은
숲에 살고

잗 밖 숲
빽빽이 놔두고
날아서만
다니고

조명 연합군 대마 몽유록

조명이
연합하여
선명한
기치 걸고

왜란을
평정하고
내친김에
대마 잡고

십자가
높이 든 영웅
열도를
정복하다

※ 鳴皐集卷之五 七言律詩[下] 〈送丁好寬日本之行〉

임전任錪 1559(명종 14)~1611(광해군 3)

積水迢迢何處行。雲帆萬里繞蓬瀛。

滄溟有國自何代。孤島屯兵空故城。

徐福曾傳求藥使。晁卿舊綴泛槎名。

天風借得東南便。莫遣鯨波海外驚。

高麗得對馬島。遣將屯兵。以備倭寇。

압록강

압록강은
통한의 강
반도 안에
갇히다

강북에
널린 유적
고구려
버림받다

국사를
중시했다면
악착같이
되찾지

백두산 천지

저처럼
차고 맑은
저렇게
깊고 넓은

중공 조공
잡아 찢은
시퍼렇게
멍이 든

새파란
하늘 아래 못
다시 깨끗이
샘솟는

附錄 1：崔致遠古小說三篇

※〈雙女墳記〉崔致遠 857 (신라 헌안왕 1) ~ 951 (고려 광종 2) 作

崔致遠 字孤雲 年十二 西學於唐. 乾符甲午 學士裴瓚掌試 一舉登魁科 調授溧水縣尉. 嘗遊縣南界招賢館 館前岡有古塚 號雙女墳 古今名賢遊覽之所. 致遠題詩石門曰,

誰家二女此遺墳
寂寂泉扃幾怨春
形影空留溪畔月
姓名難問塚頭塵
芳情儻許通幽夢
永夜何妨慰旅人
孤館若逢雲雨會
與君繼賦洛川神

題罷到館. 是時月白風淸 杖藜徐步. 忽覩一女 姿容綽約 手操紅袋 就前曰,

"八娘子 九娘子 傳語秀才. 朝來特勞玉趾 兼賜瓊章 各有酬答 謹令奉呈."

公回顧驚煌 再問何姓娘子. 女曰, "朝間披榛拂石題詩處 卽二娘所居也." 公乃悟 見第一袋 是八娘子奉酬秀才. 其詞曰,

幽魂離恨寄孤墳

桃臉柳眉猶帶春

鶴駕難尋三島路

鳳釵空墮九泉塵

當時在世長羞客

今日含嬌未識人

深愧詩詞知妾意

一回延首一傷神

次見第二帖 是九娘子 其詞曰,

往來誰顧路傍墳

鸞鏡鴛衾盡惹塵

一死一生天上命

花開花落世間春

每希秦女能拋俗

不學任姬愛媚人

欲薦襄王雲雨夢

千思萬憶損精神

又書於後幅曰,

莫怪藏名姓

孤魂畏俗人

欲將心事說

能許暫相親

公既見芳詞 頗有喜色 乃問其女名字 曰,"翠襟." 公悅而挑之
翠襟怒曰,"秀才合與回書 空欲累人." 致遠乃作詩 付翠襟曰,

偶把狂詞題古墳

豈期仙女問風塵

翠襟猶帶瓊花艷

紅袖應含玉樹春

偏隱姓名欺俗客

巧栽文字惱詩人

斷腸唯願陪歡笑

祝禱千靈與萬神

繼書末幅云,

靑鳥無端報事由

暫時相憶淚雙流

今宵若不逢仙質

判卻殘生入地求

翠襟得詩還 迅如颷逝. 致遠獨立哀吟 久無來耗 乃詠短歌.
向畢 香氣忽來 良久二女齊至 正是一雙明玉 兩朵瑞蓮. 致遠驚
喜如夢 拜云,

"致遠海島微生 風塵末吏 豈其仙宮猥顧凡流 輒有戲言 便垂
芳躅?"

二女微笑無言. 致遠作詩曰,

芳宵幸得暫相親

何事無言對暮春

將謂得知秦室婦

不知元是息夫人

莫以今時寵

能忘舊日恩

看花滿眼淚

不共楚王言

於是 紫裙者恚曰,

"始欲笑言 便蒙輕蔑 息媯曾從二壻 賤妾未事一夫."

公言, "夫人不言 言必有中." 二女皆笑.

致遠乃問曰, "娘子居在何方 族序是唯?" 紫裙者隕淚曰,

"兒與小妹 溧水縣 楚城鄉 張氏二女也. 先父不爲縣吏 獨占鄉豪 富似銅山 侈同金谷. 及姊年十八 妹年十六 父母論嫁 何奴則定婚鹽商 小妹則許嫁茗估. 姊妹每說移天 未滿于心 鬱結難伸 遽至夭亡. 所冀仁賢 勿萌猜嫌."

致遠曰, "玉音昭然 豈有猜慮?" 乃問二女,

"寄墳巳久 去館非遙 汝有英雄相遇 何以示現美談?"

紅袖者曰, "往來者皆是鄙夫. 今幸遇秀才 氣秀鼇山 可與話玄玄之理."

致遠將進酒 謂二女曰, "不知 俗中之味 可獻物外之人乎?"

紫裙者曰, "不湌不飲 無飢無渴 然幸接瓖姿 得逢瓊液 豈敢辭違?"

於是, 飲酒各賦詩 皆是清絶不世之句. 是時明月如晝 清風似秋.

其姊改令曰, "便將月爲題 以風爲韻." 於是, 致遠作起聯曰,

金波滿目泛長空

千里愁心處處同

八娘曰,

輪影動無迷舊路

桂花開不待春風

九娘曰,

圓輝漸皎三更外

離思偏傷一望中

致遠曰,

練色舒詩分錦帳

珪模映處透珠櫳

八娘曰,

人間遠別腸堪斷

泉下孤眠恨莫窮

九娘曰,

每羨嫦娥多計校

能拋香閣到仙宮

公嘆訝尤甚 乃曰,

"此時無笙歌奏於前 能事未能畢矣."

於是 紅袖乃顧婢翠襟而謂致遠曰,

"絲不如竹 竹不如肉 此婢善歌."

乃命訴哀情詞. 翠襟斂袵一歌 清雅絕世 於是 三人半酣 致遠

乃挑二女曰,

"嘗聞盧充逐獵 忽遇良姻 阮肇尋仙 得逢嘉配 芳情若許 姻好

可成."

二女皆諾曰,

"虞帝爲君 雙雙在御 周良作將 兩兩相隨 彼昔猶然 今胡不

256

爾?"

致遠喜出望外 乃相與排三淨枕 展一新衿 三人同衿 繾綣之
情 不可具談 致遠戲二女曰,

"不向閨中作黃公之子婿 翻來塚則夾陳氏之女奴 未測何緣
得逢此會?"

女兄作詩曰,

聞語知君不是賢

應緣慣與女奴眠

弟應聲續尾曰,

無端嫁得風狂漢

強被輕言辱地仙

公答爲詩曰,

五百年來始遇賢

且歡今夜得雙眠

芳心莫怪親狂客

曾向春風占謫仙

小頃 月落雞鳴. 二女皆驚 謂公曰,

"樂極悲來 離長會促 是人世貴賤同傷 況乃存沒異途 升沈殊
路 每慚白晝 虛擲芳時 只應拜一夜之歡 從此作千年之恨 始喜
同衾之有幸 遽嗟破鏡之無期."

二女各贈詩曰,

星斗初回更漏闌

欲言離緒淚闌干

從玆便結千年恨

無計重尋五夜歎

又曰,

斜月照窓紅臉冷

曉風颭袖翠眉攢

辭君步步偏腸斷

雨散雲歸入夢難

致遠見詩 不覺垂淚. 二女謂致遠曰,

"倘或他時 重經此處 修掃荒塚."

言訖卽滅. 明旦, 致遠歸塚邊 彷徨嘯咏 感嘆尤甚. 作長歌自慰曰,

草暗鹿昏雙女墳

古來名迹竟誰聞

唯傷廣野千秋月

空鎖巫山兩片雲

自恨雄才爲遠吏

偶來孤舘尋幽邃

戲將詞句向門題

感得仙姿侵夜至

紅錦袖, 紫羅裙

坐來蘭麝逼人薰

翠眉丹頰皆超俗

飲態詩情又出群

對殘花, 傾美酒
雙雙妙舞呈纖手
狂心已亂不知羞
芳意試看相許否

美人顏色久低迷
半含笑態半含啼
面熱自然心似火
臉紅寧假醉如泥

歌艷詞, 打懽合
芳宵良會應前定
纔聞謝女啓清談
又見班姬抽雅詠

情深意密始求親
正是艷陽桃李辰
明月倍添衾枕恩
香風偏惹綺羅身

綺羅身, 衾枕恩
幽懽未已離愁至
數聲餘歌斷孤魂

一點殘燈照雙淚

曉天鸞鶴各選
獨坐思量疑夢中
沉思疑夢又非夢
愁對朝雲歸碧空

馬長嘶，望行路
狂生猶再尋遺墓
不逢羅襪步芳塵
但見花枝泣朝露

腸欲斷，首頻回
泉戶寂寥誰爲開
頓轡望時無限淚
垂鞭吟處有餘哀

暮春風，暮春日
柳花撩亂迎風疾
常將旅思怨韶光
況是離情念芳質

人間事，愁殺人
始聞達路又迷津

草沒銅臺千古恨

花開金谷一朝春

阮肇劉晨是凡物

秦皇漢帝非仙骨

當時嘉會杳難追

後代遺名徒可悲

悠然來, 忽然去

是知風雨無常主

我來此地逢雙女

遙似襄王夢雲雨

大丈夫! 大丈夫!

壯氣須除兒女恨

莫將心事戀妖狐

後致遠擢第東還 路上歌詩云,

浮世榮華夢中夢

白雲深處好安身

乃退而長往 尋僧於山林江海 結小齊 尋石臺 耽玩文書 嘯咏
風月 逍遙偃仰於其間. 南山淸涼寺 合浦縣月影臺 智異山雙溪
寺 石南寺 黑泉石臺 鍾牧丹 至今猶存 皆其遊歷也. 最後隱於
伽耶山海印寺 與兄大德賢俊·南岳師定玄 探賾經論 遊心沖漠

以終老焉.

〈太平通載 卷68〉雙女墳今在江蘇省高淳縣

....

※〈大觀齋夢遊錄〉沈義(1475년, 성종 6~?)作

大觀齋亂稿卷之四 / 雜著 / 記夢 歷評我朝文章等第。言世
上浮榮。皆夢中一事。而終歸之虛妄云。文章天子崔致遠

牛馬走近患薺疾。居常夢或成魘。十二月旣望之夜。曲肱假
寐。奄至大都。城郭周回。觀闕雲起。金玉眩晃。扁曰天聖殿。闔
禁甚嚴。走戰悸伏地曰。賤臣豐山沈某敢達。居無何。天香來
襲。佩聲漸近。蛾眉十餘指敬恭扶起曰。天子詔沈某入。臣駭汗
沾背。鞠躬奔趨。步步地皆金盞。非人世境落也。九門旣開。天
子坐白玉牀。天顏淸癯如仙鶴。所着裳冕。但覺五雲盤繞。莫識
其制度也。公卿環侍。峨冠搢笏。綵仗雉扇。照耀左右。簫管
啁嘈。玉女對舞。綺紈綷縩。環佩鏗鏘。臣伏玉墀下。良久待
命。故人挹翠朴誾。來握余手曰。不意明廷。邂逅舊要。臣曰。今
天子何許人。朴密語臣曰。伽倻處士崔致遠。今爲天子。彼模
樣豐肥。文采可驚。居首相之位者。乙支文德也。益齋李齊
賢,相國李奎報。爲左右相。居士金克己,銀臺李仁老,陽村權
近,牧隱李穡,圃隱鄭夢周,陶隱李崇仁,泰齋柳方善,私淑姜
希孟,佔畢金宗直。皆腰犀頂玉。分司劇地。職帶館閣。而李
穡。拜大提學。方典文衡。臣曰。君今何官。曰。天子特拜崇祿

262

參贊官。談話間。朱衣宣麻。以臣授金紫光祿大夫，奎壁府學士。因賜冠服。臣百拜謝恩後。三辭不允。天子令陞階許坐。賜宴以慰。羽儀輝煌。鈞天既張。鐘鼓俱振。金盤玉杯。饌膳薰香。鼻口所納嘗。實非人間之有。內侍侑宣醞一爵。臣量弱不能盡傾。坐見李右相奎報嗜飲。飲至一斗不醉。衣上多有酒痕。樂闋。天子入大內。勅賜臣甲第一區。臧獲以萬計。臣步出國門。乘騎按轡。錯貝玲瓏。騶從喧喝。引入闕東八九里許一宅。層構隆崛。赭堊耀日。門列棨戟。供帳簾櫳。絡以金銀。比房數十。蛾眉筓珥。齊紈曳地。競謁解衣。衾枕凝香。肥膩潤脂。紗窓才曉。女官忽報參贊官朴令公到門。臣顚倒盥洗。足及門外。相揖而入。坐于內榮。相視喜劇。哀淚隨生。參贊曰。公落拓已久。一朝富貴多賀。但不無積薪居上之歎。臣促膝細問國家云云。答曰。天子字孤雲。上帝特設天子位。慰悅才士。世俗妄傳爲仙去。今天子好文章。勿問賢否貴賤。勿論箇限循資。唯視文章高下。以官爵陞降除授。臣曰。如徐，如魚。曰成。曰洪等。今何官。答曰。皆任外官。州府郡縣。百千有奇。分治方內。文章非格律森嚴者。例授守令。一百年。方一來朝回。天子取文章體製如唐律。人世位至崇品。領袖斯文。而文章卑下。則皆執侯門掃除之役。布衣守約。白首羇旅。而文章高邁。則超拜公卿侍從之列。若非吾公之才之美。安能一朝致位卿相。但恐中外先進。猜忌讒害。愼保伎倆。言未了。廚人供酒饌。甘膬腥釀。越女齊姬。長歌遏雲。相與目成。口號酬酢。忘形痛飲。徑醉趨出。臣顧視東園。珠玕成林。翡翠脅翼。家臣持示家累會計。顧而審視之。魚無赤也。遂命披閱。庫藏鮫綃。珊

瑚，金銀，璘珍。不可枚數。臣怒曰。陛下以石崇待臣耶。卽散
諸姬妾。所食方丈。亦令減省。天子詔約婚。定正妻張氏。名玉
蘭 卽張衡女。迎于中朝。納金銀綵帛。行合巹禮。入寢房。相
好益密。雅容妍姿。恍然如姑射之神。不敢昵也。俄而進奏吏
來請坐衙。青童擔轎。帶劍擁衛。入至大廳。曰奎壁府。雕閣連
霞。金鋪鏤人。珠箔捲鉤。獸爐生煙。臣着玉帶立北壁。僚員有
二陳澕。着烏犀立東壁。鄭知常。着鈒金立西壁。相與公禮
畢。各坐金交倚。郎員十人。猊山崔瀣，中順羅興儒，瓦注安景
恭，稼亭李穀，樵隱李仁復，霽亭李達衷，思菴柳淑，義谷李邦
直，芸齋偰長壽，八溪鄭偕。齊進交謁。各執簿書關決。別無獄
訟斷讞。皆古今騷人文章等第事也。府左。別設下局。曰寶文
閣。牙籤縹帙。充牣上下。雪谷鄭誧，西河林椿，三峯鄭道傳，蘭
溪咸傅霖，櫟翁崔滋，濯纓金馹孫，秋江南孝溫。摠掌文書。日
以雌黃翰墨爲事。臣顧謂陳學士曰。臣讀令公瀟湘八景詩。渾
是有聲之畫。又謂鄭學士曰。臣誦令公明月卷簾三四人句。令
人不知肉味。臣敢讓一頭地。陳鄭兩令公。齊聲答曰。臣等見
令公婆娑海底月句。所謂雪上梅香。不敢當。不敢當。廳前知
印一人。言必搖頭動足。輕躁無雙。問之。乃卞斯文季良也。胥
吏一人。長身古貌。如佛家所謂尊者像。問之。乃兪斯文好仁
也。臣曰。卞斯文。有暗黃浮地柳郊春。兪斯文。有鬢毛秋共葉
蕭蕭。有此等警句。反爲賤流耶。陳鄭兩學士曰。此句等有寒
乞相。意外無味。宜受其恥。又有衣縫掖冠章甫。列立中庭。奔
趨呵禁者甚多。貞齋朴宜仲，郊隱鄭以吾，僧禪坦，短豁李
惠。亦與焉。餘悉難數。臣盡抽祕藏書史。僚友強止之曰。玉笈

264

金科。六丁保衛。不宜輕洩。俄見中使奉朱勅以至。臣等下庭
迓入。拆視。則天子作律詩。有風敲夜子送潮沙。送字未穩。宵
旰經營。未得下字。令學士等改議。陳學士改過。鄭學士改
集。臣改落以啓。天子以落爲可。卽令召入大內。問詩難易。臣
對曰。臣作詩最苦。悲吟累日。僅能成篇。明日取讀。瑕疵百
出。輒復句鍛月鍊。以聲律爲竅。物像爲骨。然後庶可一蹴詩
域。天子曰。卿之論詩。正合朕心。日三寵待。賜與無節。仍頒
詔中外曰。朕聞詩有句法。平澹不流於淺俗。奇古不隣於怪
僻。題詠不窘於象物。敍事不病於聲律。然后可與言詩。須以
三百篇及楚辭爲主。方見古人好處。自無浮靡氣習。凡我臣
僚。要體認得朕此意。適文川郡守金時習。憤不得志。謀猷朝
政。移檄郡國曰。今天子性質偏僻。酷耽唐律如芝蘭。憔悴殊無
融麗富貴氣象。故揚鞭雲路。盡作郊島之寒瘦。分符百里。皆
是蘇，黃之發越。舉我銳鋒。摧彼枯葉。誅當路學士。易置天
子。則細瑣遠黜。吾儕從此彈冠。巘立朝著矣。天子聞變。憂勞
幾成疾。欲悉境內之衆。發武庫之兵。親往征討。大提學李穡
密啓曰。願遣璧府學士沈某。使諭逆順。兵不血而自戢。願毋
勞玉體。天子齋戒。築將壇。拜臣爲大將曰。於將軍度。用兵幾
萬。臣聞命擊節。忠膽鬱屈。不覺大言曰。臣聞佳兵者。不祥之
器。臣願不用。但有嘯詠祕術。能使冬寒起雷。夏熱造氷。噓弄
飛走。吞吐鬼神。可以坐敵萬兵。天子率公卿幸北郊。祖帳餞
別。袖出錦囊一襲使佩之。臣感激跪曰。兵貴神速。當使亂
賊。革面向化而已。何煩戰鬪。卽日單騎發程。帶率只尖頭奴
數名。倍日而行。未一旬而馳詣賊壘。干戈耀日。圍重三匝。臣

鼓氣張唇。嘯一發賊膽沮喪。嘯再發。萬騎北走。嘯聲激遠。彩
雲掩靄。鸞鳳交翔。海岳變色。天地振盪。凡叛有數。嚮風奔
潰。敵將金時習。面縛投降曰。不意詞壇老將沈令公至矣。臣
以露布奏捷凱旋。天子大喜褒獎。顧謂左右曰。古有長嘯却胡
騎。今於卿見之。命賜培植斯文，經綸一時，鎮國功臣號。封安
東伯。賞賜累鉅萬。廢金時習爲嵒广坐禪。自此威名日著。眷
顧益隆。每晨出夜入。盡瘁報國。筮仕廿年。生男育孫。門閥煥
爀。受祿萬鍾。家貲充溢。公卿有或授刺請謁者。輒曰。人臣義
無私受。揖而謝之。在朝百執事。吟弄風露。奢靡成習。如臣清
儉。秖被群譏。臣常短右相李奎報。詣闕抗疏曰。李某文章浮
藻。柔脆無骨。雖捷疾如神。不足貴也。餘不記。天子可其奏。賜
臣五車書。加特進領經筵。壁府中庭。有玉榻堀起。削成劒
闕。高百層。揭額詞壇。臣指曰。此壇崇高如太山。無嵒石。無
樹木。雖猿猱之捷。莫能攀緣。況人力所及乎。吏云。壇上有玉
樓。中朝才士。時相往來。共會讌游。一日天子朝罷。忽見二仙
女驂鸞駕鶴。自云曹文姬謝自然。直至帝所曰。大唐天子杜工
部。拉友人李白。會于詞壇。遙聞笙簫來自塔上。我天子出自
九重。從容詣壇。拱手闊步。飛上如雲。三公及臣數人。纔至中
層。股慄慴伏。無一人侍從。俯見一吏以文詞。作徘優戲語。蹇
裳強躋。未及初層。墮地折脚。觀者拊抃。就問之。乃李斯文叔
瑊也。天子留數日極歡。降玉趾曰。朕見李賀。使誦玉樓記。倩
王羲之手筆。懸于壁間。因噓噫太息曰。杜天子文章。有三百
篇遺音。從臣才子韓，柳，蘇，黃輩。雄放峻潔。朕猶不敢當。況
朕群臣。一人有如此才者乎。居數日。畫講畢。愀然不悅。使見

一箚。乃翰苑先生等數臣疏也。云。沈某塵骨未蛻。濫荷鴻私。餘不記。天子曰。一時浮議。何用介懷。仍賜號大觀先生。命還故鄕。手執巵酒以賜曰。毋浪侵草木,山河。造物有忌公者。卿妻玉蘭。仍主中饋。勑待公還任舊職。臣叩頭陛辭。涕淚沾衣。眷戀家室。有不忍相離者。斯須。李相國穡。撫背誘致夾室。浴臣蘭湯。以金刀剖破臣臟腑。用磨墨汁數斗注之曰。當待四十餘年。復來于此。共享富貴。毋憂也。腹心岑岑如刺。蘧然而覺。則腹漲如鼓。殘燈欲翳。病妻臥側。呻吟而已。噫。人生於世。窮達有數。豈有覺夢兼之者。咄怪而志夢。時嘉靖八年季冬上澣也。

敬書一絶 思順

寄生何地不爲虛。十載南柯一夢餘。萬事等觀皆可樂。魚應知我我知魚。

※ 芝峯類說卷十五 / 性行部 / 貪嗇

昔元載有胡椒八百斛。世言其多。而按 皇明正德間。籍沒朱寧家財。胡椒三千五百石。餘物不可勝計。可謂今勝於古矣。

大觀齋記夢文謂。卞季良言必搖頭。輕躁無雙。兪好仁長身古貌。如尊者像云。是其時代未遠。必知其爲人矣。世傳春亭吝嗇。所得魚肉。至臭腐不可食。棄諸溝渠而不以與人。其暴殄如此。大觀齋。乃沈義號也。

....

※〈崔文獻傳〉逸名氏

崔致遠字孤雲 新羅人也 文昌令冲之子 初 羅王召拜崔冲爲
文昌令 冲歸家不食而泣 其妻問其故 冲曰君不聞耶 吾聞之[文
昌令失]其妻者 以十數 吾恐見 如此之變 故泣之 妻亦憂悶 不
[能食 居]旬日 將家屬至文昌 於是冲乃召邑中父老曰 此邑有
失妻[之變怪] 果如是之變乎 對曰 有之矣 冲乃益懼 每令郡婢
雜守[其妻而自出]於外以治其職 一日黑雲四起 天地晦暝 風雷
暴作 電影酷亂 守婢驚怖 俄而視之 其妻已失之矣 乃大驚 出而
告冲 冲驚懼不自勝焉 先是以紅絲繫其妻手 然後卽出於外 以
治其任 及其失妻 與縣吏李績尋紅絲 則至於衙後日岳嶺岩谷
下 但以險塞不得以入 冲呼妻慟哭 績跪而慰曰 婦人已失之矣
慟哭何爲 吾聞之古老云 此岩隙夜則自開 公第還于邑 待夜來
此見之可也 冲從其言 還郡待夜 乃抵其嶺岩石間 如有燭光 往
視之 果有岩隙自開 冲乃喜 遂從隙而入 地廣且戾 異花叢林 非
世之鳥鳴於花間矣 冲喟然悲嘆 顧謂李績曰 世間安有如此之
地乎 必神仙之地也 遂東行至五十步許 有一大家 甚其狀麗 正
如天宮紫殿矣 冲聞其樂聲 窃入花間 倚窓外而窺之 有金色之
猪 枕其妻膝於龍紋席而睡 又有佳女幾千 羅列擁後矣 先是冲
與其妻所約藥囊 佩於內帶 冲遂開囊藥 令吹於風 妻心知崔冲
之來 遂涕泣 金猪睡覺以問曰 是何人間之香嗅也 其妻詒之曰
風吹蘭花 豈人間之香嗅也 又問曰 君何哀而泣也 答曰 吾觀此
地 與人間殊異 我是人間之人 恐不可以長享此地 故泣之 金猪
曰 此地非人間 必無死理 願勿悲焉 妻仍問曰 吾在人間時聞 仙
地非人間之地 仙間之人 見虎皮而死 有諸否乎 猪曰 吾未之識

268

也 但以鹿皮漬溫水 而付頸後 則我不有一言而死矣 言訖而復
睡之 妻試之 恨無鹿皮 忽思之 所佩鞘繸 乃鹿皮也 潛解其皮
漬於涎 以付金猪之頸 果不一言而斃焉 於是冲與其妻 偕返於
郡 如妻者數十女 亦賴於崔冲之德 皆歸於故鄉矣 冲妻返郡而
生子 是在家時孕之必矣 然重被金猪之變 故疑其兒金猪之子
也 棄之海濱 天恤其兒 遣天女乳哺養之矣 於是冲妻聞之 謂冲
曰 始以此兒名爲金猪之子 故天知晻暗之意 令天女乳養此兒
願今速遣人招還 冲深感之曰 吾亦欲還招 然始以名爲金猪之
子而棄之 今若還矣 則人必笑我矣 是以難之 妻曰 君若以嗤笑
爲難 則願作稱疾避寓於吏舍 如從我言 則雖還 必無見人之嗤
笑矣 冲從之 先是有靈巫之適來衙內 其妻解衣授之 問其所居
巫曰 獐騎洞李同知家前而居焉 至是其妻陰使人於巫家請之
乃賜巫帛百餘匹 仍說曰 汝言諸吏曰 汝員以其所生兒 詐爲金
猪之子而棄之海濱 故天憎汝員 以罪授病 今若等急歸率來 則
汝員之病瘳矣 若等亦不得疾也 不然則非徒汝員獲戾於天 汝
等亦愼之愼之 巫曰 當力言之 遂起出 仍以其語具布郡中 諸吏
乃愕然驚懼 俱詣崔冲所寓之舍 乃哭之甚悲 冲令侍人問其故
諸吏進而跪白曰 我等問諸靈巫 曰 汝員以棄兒之故 獲罪於天
以得疾 今若不還 則汝員不瘳以死矣 是以哭之 冲佯驚曰 誠以
此兒故 我若得疾於天 吾當還率來矣 乃命李績等遣之 於是績
等入海求見 不得 意欲還來 忽聞少兒讀書聲 顧瞻海島 有兒獨
坐高岩之上而讀書矣 遂浮海至於岩下 停船仰呼曰 公父獲病
苦劇 願欲見君 故我等今爲取公而至於斯也 其兒曰 父母始以
我名金猪之子 而棄之于此 今不愧而欲見耶 昔者 呂不韋美姬

有娠 以後獻于秦王 七月而生政 實呂氏 王不敢棄之 而況於我
之慈母 娠之三月而遭文昌之變 逾月得母 六月而生 以此觀之
果不爲金猪之子 而昭昭不疑 而乃棄于海濱 其殘忍薄行 爲何
如哉 我今何面目 往見父母哉 強欲見我 則我當入海矣 時年甫
三歲矣 李績等乃還 具以其兒之語告于冲 冲乃悔之曰 我之過
也 率郡人數百至海口 爲兒作臺與樓 既成招其兒 名之曰月影
臺 望景樓 於是冲自責其過 謂兒曰 吾甚憝汝 仍以鐵杖與其兒
還居五日 天儒數十雲集臺上 各以所學競教 由是大悟文理 遂
成文章 常以鐵杖每書千字于臺下沙中 三尺之杖 幾至半尺矣
其兒爲人音聲淸淡 吟咏詩賦 無不中律 一夜聞吹笛之聲 咏李
杜之詩 淸音徹雲外焉 聞其聲者 莫不贊美 會夜中原皇帝 出遊
後庭 聞咏詩之聲 問其侍臣曰 何處咏詩之聲 至於斯也 侍臣曰
新羅儒生咏詩之聲也 皇帝曰 新羅僻在海島 偏小之國 如有賢
士矣 咏詩之美聲 尙如此也 況近則固可量歟 稱善不已 於是帝
欲遣才士 與新羅儒使相較才 而召群臣 選學士中 文才卓然者
二人 乃遣之 學士浮海 至月影臺下 問於其兒曰 汝何爲者 兒曰
我新羅丞相羅業蒼頭也 曰 汝之年歲幾許 答曰 六歲耳 學士曰
汝知學乎 兒曰 人不知學 可謂人乎 學士曰 然則試相較藝可乎
仍作詩曰

　　　棹穿波底月

其兒曰

　　　船壓水中天

學士又曰

　　　水鳥浮還沒

270

其兒曰

　　山雲斷復連

　學士又戲之曰 鳥鼠何雀雀 其兒卽對曰 鷄犬亦蒙蒙 學士曰
犬之蒙蒙猶之可 鷄亦蒙蒙乎 其兒答曰 鳥之雀雀猶可 鼠亦雀
雀乎 學士語塞不答 自知其能不及其兒 相謂曰 年未七歲之兒
其才能猶尙如此 況文才過人者 其可勝數哉 然則雖入新羅 何
能敵而較藝哉 不如還去 乃還中原 謂皇帝曰 新羅之儒文才高
遠者 不可勝數 而雖如臣等百數 不能敵也 於是帝大怒 欲攻新
羅 以綿花裹鷄卵 盛之石函 又煮黃蠟灌於其中 不令搖動 更以
銅鐵鑄徧函外 不得開見 以璽書付於持函使者曰 汝國若不能
究函中之物而作詩獻之時 汝邦屠滅之 於是使者持璽書及函
至新羅 王見之驚恐 招會一國名儒白虎觀 而下令諸臣曰 有能
究函中之物而作詩者 吾且尊官 與之分土 及月影臺所遊之兒
入京師矣 丞相羅業有一女 色貌才藝 獨出一國 且有節行 而其
兒聞之 改着弊衣 詐稱繕鏡之賈 遂詣丞相家前 呼以繕鏡 羅女
聞之 乃以陳鏡授其乳母而出遣 從乳母出于外門之內 倚門扉
仍隙窺伺其賈之繕鏡 賈忽見羅女顏色 心以爲美 更欲見之 以
所操之鏡 姑墜地破之 乳母大驚 乃恚撞之 其兒泣且哀乞曰 鏡
已破矣 撞之何爲 伏願以身爲奴 以償此鏡 乳母入告丞相 乃許
諾焉 由是其賈自號爲破鏡奴 於是丞相乃命破鏡奴養馬之役
自是群馬悉肥 無一瘦瘠者矣 一日天上之人 雲集山谷間 競獲
養馬之蒭 又放群馬于野外 奴臥于林下 而日暮則群馬乃集 破
奴所臥之處 俛首羅立矣 見者莫不嗟異焉 丞相妻聞之 謂丞相
曰 破奴狀貌奇異 亦多可服之事 意必非常之人也 願君蠲減廐

役 任之不賤之任役 丞相然而從之 丞相多植雜花於東山 命破
鏡看守任之 自後雜花滋盛 小無衰落 鳳鳥飛鳴巢於花枝 破鏡
聞鳳鳥之聲 乃作悲歌矣 丞相乃入步東山翫花而 問於破奴曰
汝之年歲幾許 對曰十有一矣 汝知書乎 佯爲不知曰 未也 丞相
曰 我十有一歲 尙能知書 汝何爲不知也 對曰 早喪父母 雖欲學
書 孰從而學哉 丞相戲之曰 汝欲學之 吾當敎之 對曰 不敢請固
所願也 丞相笑曰 蚩哉蚩哉 乃還家焉 破鏡亦以爲笑 居旬日 羅
女欲東山翫花 但恥破鏡未果焉 破鏡心知之 白于丞相曰 我之
來此 今旣數年矣 一不往省老母 願給省母之暇 丞相給由五日
於是羅女聞 破奴受由歸鄉 入東山翫花 作詩曰

　　花笑檻前聲未聽

　破鏡奴隱於花間 忽然答之曰

　　鳥啼林下淚難看

　羅女赧然羞怪而返 是年春二月 諸生上書曰 函中之物 不可
以窮究作詩矣 王甚憂之 詔侍臣曰 賢才何可易得 對曰 賢才固
不可易得 然而大王群臣之中 羅業文學有餘 臣以爲可能究函
中之物而作詩也 王以爲然 乃召羅業 委石函曰 寡人群臣之中
卿之文才有餘 可能作此詩也 卿須力究作詩可也 若不能作之
卿之夫人爲宮女 殺汝身也 丞相歸家 抱函慟哭 妻亦哭矣 破鏡
折花枝 往于外廳之內 羅女支頤悽然泣下 忽有壁上鏡裡 覩有
人影 心以爲駭 俄而窓隙見之 破鏡乃奉花枝而立 羅女怪而問
之 破奴跪言曰 聞君欲翫花 故爲君折來 未枯之時 受而翫之 羅
女歔欷太息 破鏡慰之曰 鏡裡影落之人 必使君無患矣 請勿憂
而速受此花 於是羅女受其花 愧而起入 久之猶疑奴之其言 乘

間謂丞相曰 破奴雖曰童子 才學絕人 且有神仙之氣 吾以爲作
函中之物而作詩也 丞相曰 汝以此事 爲易發言如是乎 若破奴
之所能爲也 則天下之名儒 一不能作 而竟以此函委之於我耶
羅女曰 諺云鷦至微 能生大鶩 破奴雖孥 安知其生大才乎 仍以
奴無患之語 告之曰 破奴若不能作斯詩 則何以出此言也 願召
之試命作詩 丞相意甚頗然 乃召破奴曰 汝若究此函中之物而
作詩 非徒重賞 當遂汝意 破奴不聽曰 雖曰重賞 豈能作詩哉 羅
女聞破奴之言 謂丞相曰 夫人之好生惡死 人之常情故昔有人
坐事當刑 吏問之曰 汝若作詩 吾當赦之 其人不曉一字 而必從
其命 乃能作詩 而破奴文學有餘 可能作詩也 是佯爲不能 今家
君脅以死也 則豈無好生惡死之心而不從也 丞相以爲然 乃脅
之曰 汝以吾奴 不聽我言 罪當斬之 仍命他奴 將下斬之 破鏡恐
誠斬之而佯許之 乃持函出坐于中門之外 內自語曰 此所謂方
被敵兵而欲殺謀臣也 如我者雖死百數 不足惜矣 如丞相何如
也 會丞相妻如厠 頗聞破奴之言 入謂丞相曰 破鏡無作詩之意
仍以破奴之語告之 丞相令乳母自諭之曰 汝之文才有餘 可能
作詩 而有何所欲 而至死不爲也 如有所欲 母敢隱我而直言之
吾當爲汝 方且圖之 破鏡默然良久曰 丞相若有以我爲婿 則吾
必爲之作矣 乳母入報丞相 丞相厲色曰 豈有以蒼頭爲婿之理
乎 汝言太謬 然更言汝能作詩 則當畫美女顏色而示之 當以娶
汝矣 破鏡含笑曰 雖畫餅於紙而終日見之 何飽之有 必食然後
可爲飽腹矣 仍足推函而偃臥曰 吾雖寸斬 不能作 乳母以由入
告 丞相默而不言 於是羅女徐謂丞相曰 今家君愛我而不聽 則
必有後悔之事 願從破奴之言 而長享富貴 不亦樂乎 自古以來

所可愛者 獨爲人生而已 他尙何愛哉 丞相曰 汝言善哉善哉 父母之心 以爲卑惡之 而以爲配匹 不忍爲之故未之許也 而今汝不顧此鄙陋 欲慰父母之心 而發如是之言 眞可謂孝女矣 與夫人約爲婿曰 今若不聽 恐有後悔之事 夫人曰 吾亦難之 君言是也 丞相乃令侍婢煖水洗破鏡之身 以去其垢 而更以羅巾拭之 然後以錦衣衣之 遂卜日成禮焉 翌朝 丞相使人於蘭房促於詩 婿郎曰 此詩之作何難哉 吾將究之 乃令羅女 糊紙於壁上 自取毛公 乃挾於足指而宿焉 於是 丞相呼其女曰 婿郎作詩耶 對曰 詩不作而寢矣 仍憑几假寐 夢有雙龍從天而下 相交於函上 又有五色班衣之童十餘輩 捧函而立 相答以歌 函忽自開 俄有五色瑞氣 出於雙龍之觜 貫照函內 紅衣靑帕之人 羅列左右 或製試呼之 或搦筆方書之際 適丞相喚人之聲 羅女驚悟 乃疑其夫而令寤之 婿郎睡覺 卽製其詩 大書于糊壁之紙 龍蛇動如矣 其詩曰

團團石中卵

半玉半黃金

夜夜知時鳥

含情未吐音

乃以授細君 入遺丞相 丞相見之 猶未信焉 及聞羅女夢中所覩之事 然後乃信之 遂奉詩詣闕 獻于王 王見之乃大驚曰 卿何知而作也 曰 非臣之所製 乃臣婿郎之所作也 臣何敢得知而作也 王遂遣使者 奉詩獻于皇帝 皇帝覽之曰 卵之者是也 知時欲啼未吐音者 不可是也 乃折函見其裏 裏綿之卵 已有成雛之形 始知含情未吐音之句 帝乃歎曰 天下之奇才也 招學士 以詩示

274

之 學士見之 咸讚不已 因上書曰 大抵袖中之物 能知者尙鮮有
之 況絶域藩籬之國 而能知中夏細微之事 而作如此之詩乎 其
爲才能何如人哉 且中夏之大 如此之才難得 而以褊小之國 有
如此之才者也 意者從此小國 將必有無大國之心 願陛下須喚
此儒 以問能知難事之由 帝深以爲然 乃詔新羅徵作詩之士 於
是羅王招丞相羅業曰 今皇帝將欲侵我國 而又徵作詩之人 卿
之婿必不得已行 然卿婿尙幼 送之似難 卿無乃代行乎 對曰 臣
亦思之 大王之言是也 丞相還家 泣且語其家人曰 今天子詔徵
作詩之人 婿郞尙幼 不可遣之 吾當代行 而一行則無復生還 將
爲奈何 羅女退謂夫曰 君何樣作詩 而今皇帝詔徵作詩之人 故
丞相代行耳 婿郞曰 丞相代行 則非徒不還 必有大禍 我將行之
羅女曰 今君棄我而行萬里 其能復還乎 乃悽然淚下 婿郞慰之
曰 君不知也 古人有言曰 天生大才 必有用焉 我今入中原 則天
子必用我 大則封王侯 小則以爲將相矣 吾於是乃還于玆 以示
榮於君 不亦樂乎 況大丈夫周流天下 自故有之 我之行 是亦丈
夫之常道也 豈有不還之理乎 願君勿疑焉 仍陳丞相不可代行
之狀 以告于丞相 羅女入房 謂丞相曰 婿郞欲自行矣 丞相曰 婿
郞之言 出於忠賢正直也 乃詣闕上語曰 臣欲令婿遣之 王曰 卿
旣以代婿之行爲言 而今欲遣壻何也 對曰 臣壻雖幼 才學過於
臣十倍 而亦究函中之物而作詩 今皇帝幸欲更令作詩 而徵作
詩之人 則臣行恐不堪製詩 以失我國之體 以是欲令遣壻之矣
王以爲然而許之 翌日 婿郞詣闕拜王 王問曰 汝之年歲若許 對
曰 十有二矣 曰 汝之年歲若是 則雖入中原 將爲何事 對曰 誠
以年與體大爲之 則天下之儒 皆爲年長體壯 而一不究函中之

物而作詩乎 王驚愕 試問[曰] 汝入中原 將以何意對于皇帝耶
對曰 大國長者 今中原以長者之道 遇小國 則小國豈敢不以小
者之道 事大國哉 此既不然 故[願]欲侵之 而雞卵盛於石函 送
于我國 使之作詩 又於反疾作詩之人 徵之者 不知何意也 大國
之道 果如是反覆乎 如此而欲令少國 以小者之道事之 是猶緣
木求魚也 臣以此白于皇帝 於是王大奇其言 乃下床握手而謂
之曰 汝入中原以後 汝鸞家 我當復徭 且賜衣廩 以至汝還 而唯
於行將何以餽贐 崔郎辭謝曰 不願他物 而但願五十尺帽耳 王
卽造與之 崔郎拜辭而出 自稱新羅文章崔致遠 將向中原 至海
濱 姻族來迓 設酌以慰餞別 於是 羅女不勝離恨 乃作詩曰 白鳥
雙雙渡海烟 孤帆去去接青天 別酒緩歌無好意 長年愁疊夜何
眠 致遠亦作詩曰

> 洞房夜夜莫愁苦
>
> 翠黛花顏易衰耗
>
> 此去功名當自取
>
> 與君富貴喜居邸

遂浮海 至瞻星島下 船乃回不流 致遠問其亭長 對曰 聞神龍
在此島下 意爲此龍所作以然也 願以致祭 始克前往 致遠從其
言 遂下船登島上 有年少儒生 拱手而坐 致遠怪而問之曰 汝何
爲者 起而敬拜 因跪之曰 我龍王之子李牧也 曰 汝何爲以至此
李牧曰 今聞先生以天下文章 將到于此 欲從受學而至此待之
矣 復曰 夫我之地與人間之地殊異 無孔子之學 故縱欲學書 無
由得學 是以常常自歎 我何作罪而誤生此地 不得聞孔子之道
也 偶逢天下文章 豈非天使我得聞聖人之道耶 乃致敬邀入龍

宮 致遠辭而行迫 儒生强請曰 龍宮不遠 暫留華盖 幸甚幸甚 致
遠不得已許諾曰 汝家安在 對曰 在於水府也 然則從何以入耶
儒生曰 願乘我背瞑目 則少頃卽至也 致遠如其言 於是儒生負
致遠 從岩下以入 卽水府也 至於門下 儒生入報龍王 龍王大喜
出拜下階 邀入瓊宮 對坐龍床 叙暄凉而畢 乃設宴慰之 致遠以
行迫告辭 龍王曰 文章幸爲見我陋室 未留數日 卒然遽行 於我
心有慽慽焉 我之中子李牧 才氣過人 願與俱行 若有大變 勢能
禦之 致遠曰 當副唯命 遂與李牧俱行 還至相遇之處 亭長於巖
下 艤舟而泣 忽見致遠 拜賀曰 從何處而來耶 曰 從水宮而來
亭長曰 昨日明公將行祭于島上 狂風遽起 白浪淘湧 雲霧晝暗
我心以爲祭不得效 以致大變 是以哭之矣 今偶然得見其意幸
甚 可勝道哉 彼在側童儒 未知何人也 致遠曰 此乃龍宮水府賢
人也 亭長曰 然則何以致此 曰 我將入中原 今爲見我來此耳 昨
者風怒晦暝者 此儒來故也 遂泛舟而行 常有五色雲氣 於帆上
蔽之矣 至魏耳島 地旱尤甚 萬物赤盡之 島人聞崔文章至 爭趨
迎拜曰 此島之人 不勝旱苦 皆阽危亡 而其幸不死者 賴明公之
德 而且我等聞之 賢人文章則致誠禱之 天必應之 願明公作文
禱雨 以救萬死之命 若雨來則其恩德 豈有量哉 致遠謂李牧曰
龍王謂君多有奇才 願君發惠洒雨 以濟此島將死之民 何如 李
牧乃從其命 遂入山間 有頃黑雲蔽日 天地混暗 雨下如注 須臾
而水漲 島民大悅 李牧出自山間 坐于致遠之傍 頃之雲氣復合
雷聲闐闐然 下雨如初 俄有一靑衣老僧 持赤劒以下 謂李牧曰
吾受命於天帝以誅汝 麾其劒以進 李牧大懼 謂致遠曰 吾不敢
違先生之命 未受天命 擅矯洒雨 故天甚疾我 將受矯制之罪 爲

277

之奈何 致遠曰 勿憂勿憂 隱身則得免矣 李牧卽化爲蛇 隱於致

遠席下矣 天僧曰 天帝遣我誅李牧 以名其罪也 今足下隱而不

出 何如 致遠曰 有何罪而誅之也 天僧曰 此島之人 父母不孝

昆弟不睦 欺其殘貧 凌轢長上 風俗孔惡 故天帝故不洒雨 而今

李牧不知天命 擅自洒雨 故天帝憎之 遣我誅之 致遠曰 我爲此

島之人 乃命李牧洒雨 故罪在我矣 不在李牧也 欲罪則罪余可

也 天僧曰 天帝命我曰 崔致遠在天上時 幸得微罪 而謫於人間

矣 非人間碌碌之人也 若崔文章在則止之 愼勿矯斬矣 乃辭還

天 李牧復化爲人 問於致遠曰 先生在天上時 罪何罪而謫於人

間也 致遠曰 月宮未開桂花 誣以已開告于天帝 故下謫於人間

乃謂李牧曰 汝雖龍王之子 我曾未見龍身 爲我變化之 如何 牧

曰 如欲視之 非難也 恐先生之驚而畏之也 致遠曰 夫以天僧之

威而我尙不畏 矧見汝身而畏也哉 牧曰 若然則吾當變之 乃入

山中 化爲金龍而乃呼致遠 致遠往視之 卽失魂伏地 而須臾復

蘇 謂李牧曰 吾欲獨行 汝勿勞速歸 李牧曰 始以家君 使我侍先

生以慰 今未到中原而安忍遽棄而乃還哉 致遠曰 幾近中原 而

亦無可爲之事 莫如還往 牧曰 先生強欲令還 則不敢違命 但吾

雖有勇 未曾試之 今以示先生 何如 致遠許之 於是化作大靑龍

踊躍大吼 聲振天地而去 致遠至浙江亭舍止休 有一老嫗携酒

來饋 仍以醫綿與之曰 此物雖微 必有所用 愼勿失之 致遠(曰)

謹受敎(矣) 拜辭而至陵原 道傍有家 老翁搤腕而坐 問於致遠

曰 孺子將安之 曰 向中原耳 翁慨然嘆曰 汝今入去中原 則必有

大患矣 愼之愼之 若不愼之 難於生還矣 致遠拜問其故 翁曰 汝

限五日而行 則有大水當道 而其邊有佳女 左奉鏡 右奉玉而坐

278

矣 汝見其女 致敬拜謁而問之 必詳敎之矣 致遠行至水邊 果有

之 乃敬拜謁 女曰 汝何爲者 到此拜謁乎 致遠曰 我是新羅崔致

遠也 曰 汝將安之 答曰 往中原耳 女曰 將何事而往 致遠俱告

厥由 女誡之曰 中原大國也 與小國殊異 今天子聞君至 必設九

門 然後迎入汝矣 汝入其門 愼勿放心 大禍將至也 乃探所佩囊

中 出符與之曰 至外門以靑符投之 至二門以丹符投之 至三門

以白符投之 至四門以黃符投之 其餘門以詩答之 禍將消矣 女

忽不見 致遠至洛陽 有一學士問於致遠曰 日月則懸於天 而天

者懸於何處耶 致遠曰 山水在於地 而地者載於何地乎 汝言地

之載處 則吾言天之懸處 學士不能答 於是皇帝聞崔致遠至 欲

誆之 乃於三門內 鑿坎數丈 令樂人納于其中 誡曰 崔致遠入來

時 極奏以亂其心 以板覆之 加土其上 第四門內 設錦帷 令象入

其內 然後乃召致遠 致遠將入門 所着帽觸於門上 乃嘆曰 小國

之門尚容 況大國之門觸帽耶 立而不入 帝聞之甚愧 令破門以

入 致遠入門之時 地下有樂聲 卽以靑符投之 其聲寂廖 至三門

又有樂聲 以白符投之 其聲卽零 至四門以白象隱於帷內 卽投

黃符 化爲大蟒 繞於象口 不敢開口 以故乃得入 帝聞之 驚曰

固天下之所無人也 至五門內有學士羅滿 爭相問語 致遠不以

爲唯 作詩與之 頃刻之間 不可勝數矣 至御前 帝下床迎之 置之

上座 問曰 卿究函中之物而作詩乎 對曰 然 帝曰 何知而作也

(曰)臣聞之 賢則雖在天上之物 猶能知之 臣雖不敏 豈不知函

中之物而製詩乎 帝深然之 又問曰 卿入三門 未聞其聲耶 曰臣

未之聞也 帝招三門內地下樂人鞠之 皆曰 共極奏樂之際 着靑

紅白衣者 數千來縛曰 大賓至矣 勿爲奏而以杖擊之 故不敢奏

樂耳 帝大驚 令人往見坎中 大蛇盈滿矣 帝乃奇之曰 崔致遠非
常人也 不可忽也 帷御飲食 皆如天子之居食矣 一日帝相與語
其動靜云爲 皆如仙風 帝以爲曩者之事 雖奇異 朕不親見 不足
盡信 朕親試之 於是因食時 先以毒藥物置食中 致遠知而不食
上聞其故 致遠曰 毒物在於食中 故不食 帝曰 何以知之 對曰
占幕上鳥啼之聲而知之耳 帝前席而言曰 朕未見卿之才 自以
爲過 今不可及也 自此以後 愈益厚遇之 (會)是年秋科 會天下
儒生 數八萬五千餘員 致遠亦入試之 得壯元 帝曰 小國之儒 卓
居其首 甚可貴也 恩賜鉅萬 帝會登第儒士於殿前 使之製詩 俄
有雙龍自天而下 取去致遠所製之詩而乘天矣 帝聞之 招致遠
曰 卿何爲作詩 天乃取去耶 致遠仍誦其詩而聞之 帝奇之曰 如
此之作 天無乃取去耶 遂封文信侯 居數年 黃巢賊偉李等 聚衆
三萬人 連陷郡邑 而帝遣將討之 不能克 以致遠爲將 乃遣討賊
致遠不與戰 以文遺賊 賊感悟遂降 擒魁帥而來 帝大悅 益封食
邑 且賜黃金萬鎰 幸卓於群臣 由是大臣嫉之 多讒曰 致遠以爲
中國雖大 不如小國也 帝大怒 貶致遠於南海島上絕食 致遠常
以老嫗所授綿醬 夜令暴露 咋而飮之 居一月以不死矣 帝欲知
死與否 使人招之 致遠心知其意 以微聲應之 使者還曰 幾死矣
諸大臣皆曰 崔致遠以小國毗隷之人 來于中國 萬端欺上 幸得
備位 恃勢驕人 反取其殃而餓死矣 會南國使臣 奉貢如京 過致
遠所謫之島 忽見島山有儒生與僧 共坐讀書 又有天女數千 羅
列唱歌矣 遂停舟請詩於儒 儒卽作與之 使者至京 以儒生所作
之詩獻于帝 帝問 是何人所作也 使者曰 臣所過南海島上 有儒
生與僧共坐 天女數千 唱歌團欒 而製給也 帝招群臣 以詩示之

280

曰 此是致遠所製之詩 然絶食三月 豈有生理乎 必致遠魂靈之
所製也 乃試使人招之 致遠高聲應之曰 汝何爲者 每呼我名 罥
之不已 使者還曰 致遠非徒不死 以高聲應之 帝驚曰 天之所恤
人也 送使者 還至洛陽 帝御宣室 問致遠曰 卿在三月 何不見夢
寐耶 語云 普天之下 莫非王臣 普天之下 莫非王土 汝新羅之人
新羅亦我之地也 汝君亦我之臣也 而叱之使者何如 致遠畫一
字空中 躍居其上曰 是亦陛下之地乎 帝大驚 下床頓首謝之 致
遠曰 陛下信聽小人之說 [令臣至死 故今欲還我國 仍出袖中猪
字 投之於地 卽]化靑獅子也 遂乘其獅騰入雲間而去 遂至新羅
地 [見有人屯聚於溪]邊 致遠問於人 人誣之曰 國王出遊 往見
之 乃獵人也 致遠至東門外 適[國]王出遊 乘駟而過 乃令捕致
遠於御前 王曰 汝有功多 不忍加[罪] 自[今]以後 毋令如前 因
以赦罪 致遠到家 一家與遠近族親 莫不歡喜焉 羅女終始如一
敬奉尤愛矣 致遠棄家求道 入伽耶山 不知[所]終也 정학성, 역
주 17세기 한문 소설집, 삼경문화사, 2000.

附錄 2：崔致遠道教神仙紀錄

※ 佔畢齋文集卷之二 / 遊頭流錄

又指其東曰。雙溪寺洞也。崔孤雲嘗遊于此。刻石在焉。孤
雲。不羈人也。負氣槩。遭世亂。非惟不偶於中國。而又不容於
東土。遂嘉遯物外。溪山幽閴之地。皆其所遊歷。世稱神仙。無
愧矣。

※ 濯纓先生文集卷之五 / 錄 / 頭流紀行錄

二十六日甲寅。始舍筍騎馬。有雲中，興了長老二僧。相送
出洞。至一略彴。了長老云。近世有退隱師者住神興。一日語
其徒曰。有客至。當淨掃除以候。俄而有一人騎白駒。結藤蘿
爲鞦轡。疾行而來。履獨木如平地。衆皆駭之。至寺迎入一
室。淸夜共話。不可聽記。明朝辭去。有姜家蒼頭者。學書於
寺。疑其異客。執鞚以奉之。其人以鞭揮去。袖落一卷文字。蒼
頭急取之。其人曰。誤被塵隸攬取。珍重愼藏。勿以示世。言訖
急行。復由略彴而逝。姜蒼頭者。今白頭猶居晉陽之境。人有知
者。求觀不與。蓋其人。崔孤雲不死在靑鶴洞云。其說雖無稽
而亦可記也。……有龜龍古碑。篆其額曰。雙谿寺故眞鑑禪師
碑九字。傍書前西國都巡官，承務郎，侍御史內供奉，賜紫金
魚袋臣崔致遠奉教撰。乃光啓三年建。光啓。唐僖宗年也。甲子
至今六百餘年。亦古矣。人物存亡。大運興廢。相尋於無窮。而

此頑然者。獨立不朽。可發一歎。所見碑碣多矣。斷俗神行之
碑。在於元和。則先於光啓矣。五臺水精之記。撰於權適。則亦
一世之文士也。而獨於此興懷不已者。豈孤雲手澤尙存。而孤
雲所以徜徉山水間者。其襟懷有契於百世之後歟。使某生於孤
雲之時。當執杖屨而從。不使孤雲踽踽與學佛者爲徒。使孤雲
生於今日。亦必居可爲之地。摛華國之文。賁飾太平。某亦得以
奉筆硯於門下矣。摩挲苔蘚。多少感慨。第讀其詞偶儷。而好爲
禪佛作文。何也。豈學於晚唐而未變其習耶。將仙逸隱淪。玩世
之衰。而與時俛仰。托於禪佛。以自韜晦耶。不可知也。碑北數
十步。有百圍老槐。根跨溪水。亦孤雲手植。寺僧燒園。誤延槐
腹。虎倒龍顚之餘。幹之腐而存者丈餘。居僧猶履根上往來。呼
爲金橋。噫。植物亦有生氣。則不能如石之壽也。寺北有孤雲
所登八詠樓遺址。居僧義空。欲鳩財而起樓云。

※ 炯庵,雅亭,靑莊館,嬰處,東方一士 李德懋 1741(영조 17)~
1793(정조 17)
靑莊館全書卷之五十九 / 盎葉記[六] / 東國道敎

東國之俗。無所謂道士。道館古或有之。而不久傳。案三國
史記。高勾麗盖蘇文。謂王曰。三敎譬如鼎足。今儒釋並興。而
道敎未盛。請遣使於唐。求道敎。王從之。帝遣道士八人。兼賜
老子道德經。西河集。林椿撰。李仲若入山嗜禪學。後杭海入
大宋。從黃大忠親傳道要。及還本國。上疏置玄館。以爲國家
齋醮之所。今之福源宮是也。

※ 五洲 李圭景 1788년(정조 12) ~? 祖父 李德懋 父親 李光葵

五洲衍文長箋散稿 / 經史篇□道藏類 / 道藏雜說 / 東國道敎
本末辨證說

我東之無道敎。《北史》已言之。然若溯其源。則亦有可考
者。按《三國史》。高句麗榮留王【諱建武。或作建成。《唐書》作
武。隋恭帝侑義寧二年戊寅立。唐太宗貞觀十六年壬寅。爲蓋
蘇文所弒。在位二十五年。】時。莫離支【官名。如兵部尙書兼
中書令。】蓋蘇文謂王曰。三敎譬如鼎足。今儒、釋竝興。而道敎
未盛。請遣使於唐。求道敎。王從之。甲申二月。唐遣刑部尙書
沈叔安。冊王。又命道士。以天尊像及道敎來。爲講《老子》。乙
酉。遣使入唐。求佛、老法。寶藏王【諱藏。一作寶藏。唐太宗貞
觀十六年壬寅立。高宗總章元年戊辰。爲唐所滅。在位二十七
年。唐葬頡利墓傍。】癸卯。遣使如唐。求道敎。帝遣道士叔達
等八人。兼賜老子《道德經》。高麗林椿《西河集》。李仲若入
山。嗜禪學。後航海入大宋。從黃大忠。親傳道要。還本國。上
疏置玄館。以爲國家齋醮之所。今之福源宮是也。福源宮在松
京。以西河所言考之。道敎至麗朝中絶。李仲若得道要後。始
置道觀。而《宋史》。高麗無道觀。大觀中。【宋徽宗年號。大觀
只四年。而元年丁亥也。今稱大觀中。則當爲戊子、己丑之間。】
朝廷遣道士。往高麗。乃立福源院。置羽流十餘輩。【高麗睿宗
四五年。戊子、己丑之間也。】新羅、百濟。則無聞焉。入于國
朝。按《經國大典·禮典·取才條》。道流。誦《禁壇》、《靈寶經》、
《科義延生經》、《太一經》、《玉樞經》、《眞武經》、《龍王經》中三
經。吏典從五品衙門。昭格署掌三淸星辰醮祭。提調一員。令

284

一員。別提二員。令、別提竝用文官。令一員從五品。別提正從
六品。參奉二員。從九品。中宗己卯。三司廷爭罷之。乙酉復
建。壬辰亂後永廢。其基在京城三淸洞。其醮祭靑詞。按《文苑
黼黻》。【正廟朝命諸臣編輯】靑詞有昭格署祈雨靑詞、摩尼山
【在江都】塹城醮三獻靑詞、壽星醮靑詞、分野星醮三獻靑詞、太
一醮三獻靑詞、昭格署眞武醮靑詞。【栗谷李先生《集》亦有靑
詞。以儒賢製靑詞。職在文衡故也。】成廟十五年甲辰。上曰昭
格署可革否。左承旨權健等對曰。國之大事。在祀與戎。醮祭
久矣。不可卒革也。故事。昭格署。倣中國醮祀。太一殿。祀七
星諸宿。其像皆被髮女容也。三淸殿。祀玉皇上帝,太上老君、普
化天尊、梓潼帝君等十餘位。皆男子像也。其餘內外諸壇。設四
海龍王、神將、冥府十王、水府諸神。題名位版者。無慮數百。其
醮儀。獻官與署員。皆白衣烏巾致齋。以冠笏禮服行祭。祭奠
諸果食餠茶湯與酒。焚香百拜。道流著逍遙冠。身被斑爛黑
衣。鳴磬二十四通。然後兩人讀道經。又書祝辭於靑紙而焚
之。事同兒戲。而朝廷設官被祀。一祭所費不貲云。【昭格神像
醮儀祀官行禮見《慵齋稗說》】太一殿。今在義城縣東氷山。每
年上元。降香以祭。願使雨順風調。成廟己亥。自義城移安于
泰安白華山。其後不爲降香。此亦舊隷昭格署者。昭格罷而仍
停其祀也。

※ 經史篇□道藏類 / 道藏總說 / 道敎仙書道經辨證說【附道
家雜用】□總說

道家南北宗。傳受有據。東華少陽君。得老耼之道。以授漢

鍾離權。權授唐呂巖及遼劉操。操授宋張伯端。端授石泰。泰授薛道光。光授陳柟。柟授白玉蟾。蟾授彭相。是爲南宗也。呂巖授金王嘉。嘉授七弟子。其一卽丘長春。春授宋道安。餘譚處端、劉處玄、王處一、郝大通、馬鈺、妻孫不二。是爲北宗也。自秦、漢以來。乃有飛昇變化之術。黄庭大同之法。太上天眞木公金母之號。丹藥奇技符呪法錄。捕使鬼物。皆歸於道家。學者蓋誤也。黄、老。道之本也。方技。道之末也。老氏《道德》之旨。本非煉形求仙之術也。而世之學仙者。託之老氏。如今士子讀經書。以應科第。而曰此吾儒之敎也。豈非可笑也哉。

東國道敎。亦有沿革。然我東之自古無道敎。《北史》已言之矣。其創始自句麗。而勝朝與本朝亦因之。逮我中葉。永革無有。按《三國史》。高句麗榮留王。於隋恭帝義寧二年戊寅立。唐太宗貞觀十六年壬寅。爲蓋蘇文所弑。其年。莫離支蓋蘇文謂王曰。三敎譬如鼎足。今儒、釋並興。而道敎未盛。請遣使於唐。求道敎。王從之。七年甲申二月。唐遣刑部尙書沈叔安。冊王。又命道士。以天尊像及道敎來。爲講《老子》。八年乙酉。遣使入唐。求佛、老法。寶藏王二年癸卯。遣使如唐。求道敎。帝遣道士叔達等八人。兼賜老子《道德經》。至于高麗。李仲若入山。嗜仙學。後航海入宋。從黄大忠。親傳道要。還本國。上疏置玄館。以爲國家齋醮之所。福源宮是也。按《宋史》。高麗無道觀。徽宗大觀中。朝廷遣道士。往高麗。乃立福源院。置羽流十餘輩。此則睿宗世戊子、己丑之間也。高麗仁宗辛亥。禁治老莊學。羅、濟則史無所見。入于國朝。《經國大典·禮典·取才

條》。道流。誦《禁壇》、《靈寶經》、科義《延生經》、《太一經》、《玉樞
經》、《眞武經》、《龍王經》中三經。設昭格署於京城三清洞。掌三
清醮祭。置提調、令、別提、參奉。又置慈壽宮。女冠居焉。中宗
己卯。三司廷爭罷之。乙酉復建。壬辰倭亂後永廢。又有太一
殿。在義城縣東氷山。每年上元。降香以祭。成廟己亥。移于泰
安白華山。仍廢降香。此我東道教之本末也。

　復有修鍊一說。有《傳道錄》。辛敦復記其事。仁廟朝。有一僧
行至關東逮繫。爲官搜檢得一卷。題以《海東傳道錄》。邑倅致
其書於李澤堂植。澤堂爲作一書傳世。其說。唐文宗開成中。新
羅崔承祐、金可紀、僧慈惠。游學入唐。俱與終南天師申元之交
結。元之紹介於仙人鍾離將軍。以爲羅國道教無緣。更過八百
年。當有還返之旨。宣揚於彼。嗣此道教益盛。地仙二百。拔宅
昇氣。以弘大教。授三人道法。有《靑華祕文》、《靈寶畢法》、《入
頭五嶽訣》、《金誥》、《內觀玉文寶錄》、《天遁鍊魔法》等書及口
訣。又有伯陽《參同契》、《黃庭經》、《龍虎經》、《淸淨心印經》。燃
燈相付一線以傳。崔孤雲亦入唐。得還返之學以傳。竝爲東方
丹學之鼻祖。其最者。《參同契》十六條口訣也。丹派中著書傳
授者。鄭□《丹家要訣》。權克中《參同契注解》、李之菡《服氣問
答》、郭再祐《服氣調息眞訣》。爲其管鍵。近世許米洞解丹工。多
畜道書。此丹學之始末也。復有尸解一派。其說尸解有五。卽
金、木、水、火、土五解。新羅釋玄俊入唐。學其法。著步捨游引之
術。崔孤雲亦游學中原。得其法。東來遺忘。得學於玄俊。俊其
舅也。著伽倻步引法。而又有量水尸解、松葉尸解。其法亦分四

五。此皆道家之支末也。溯其傳道之原委。則鍾離權授新羅人崔承祐、金可紀、僧慈惠。承祐授崔孤雲、李清。清授明法。明法復受慈惠要。慈惠授權清。清授元傻賢。賢授金時習。習授天遁劍法鍊魔其訣於洪裕孫。又以玉函記內丹之要。授鄭希良。參同龍虎祕旨。授尹君平。平授郭致虛。鄭希良授僧大珠。珠授鄭□、朴枝華。洪裕孫授密陽孀婦朴氏妙觀。觀授張道觀。郭致虛授韓無畏。權清授南宮斗。又授趙云仡。無師授而散見諸書者。南越、崔瀗、張世美、姜貴千、丹陽異人、李光浩、岬寺寓僧、金世麻、文有彩、鄭之升、李廷楷、郭再祐、金德良、李之菡、鄭斗諸人。而隨聞見記。故漫無次序。

〔道家史牒〕漢劉向《列仙傳》七十二人。晉葛洪《神仙傳》。宋蔡京《道史》。鄧牧。張天雨《茅山志》。杜光庭《洞天福地記》。張松如《龜臺琬琰文》仙七十二人。王言《西華仙錄》女仙三十六人。浮雲道士《仙史》古今眞人、列仙四百四十七人。曾慥《集仙傳》。沈份《續神仙傳》。東國本朝洪萬宗《海東異蹟》。愚所撰《續補海東異蹟》。亡名氏《海東傳道錄》。日本人《神仙傳》。

我東則高麗睿宗時。立福源宮。置羽流十餘輩。其齋醮科義。一如宋朝。仁宗時。鄭知常請王置八聖堂于宮中。皆繪像。蓋秦始壬午祠山川八神之類。一曰白頭嶽太白仙人。二曰龍圍嶽六通尊者。三曰月城嶽天仙。四曰駒驪平壤仙人。五曰駒驪木覓仙人。六曰松嶽震主居士。七曰甑城嶽神人。八曰頭嶽仙女。鵠嶺八仙所住。作八仙宮於松嶽山。知常撰《八聖文》

曰。妥八仙於其間。奉白頭而爲始。八仙卽指八聖也。又有一
證。新羅眞興王辛未。始設八關會則此雖佛事。亦兼道醮。申
相欽《勝國遺事》。八關會。每歲十一月十五日爲之。蓋祈福
也。於毬庭。置輪燈一座。列香燈於四旁。又結綵棚。各高五丈
餘。呈百戲歌舞於前。四仙樂部。龍鳳象馬車船。皆用新羅故
事也。按此法遵麗太祖《訓要十條》中燃燈八關而行者也。入于
國朝。設昭格署。倣中國醮祀。太一殿。祀七星諸宿。其像皆被
髮女容也。三淸殿。祀玉皇上帝、太上老君、普化天尊、梓潼帝君
等十餘位。皆男子像也。其餘諸壇。設四海龍王、神將、冥府十
王、水府諸神。題名位版者。無慮數百。其醮儀獻官與署員。皆
白衣烏巾致齋。以冠笏禮服行祭。奠諸果食餅茶湯與酒。焚香
百拜。道流頭著逍遙冠。身被斑爛黑衣。鳴磬二十四通。然後
兩人讀道經。又書祝辭於靑紙而焚之。靑詞有昭格署祈雨靑詞、
摩尼山塹城醮三獻靑詞、昭格署眞武醮靑詞、壽星醮靑詞、分野
星醮三獻靑詞、太一醮三獻靑詞、太白星醮靑詞。

※ 天地篇□地理類 / 洞府 / 世傳牛腹洞圖記辨證說
當中有宋氏亭舍。【宋櫟泉明欽亭】靑華東北。有仙游洞。爲
山上聚局。絶頂坦夷。洞壑甚長。上有七星臺。崔眞人搗、南宮
道士斗修鍊於此。此山乃神皇也。有鶴巢窟。是谷之水。流下
爲閬風苑。與梁山寺前谷水合下加恩倉。東流入聞慶大灘。自
七星臺西踰嶺脊。是爲外仙游洞。稍下爲葩串。洞天深邃。而
大溪瀉下石洞之下。千回萬轉。奇巧精妙。水石當爲三南第一
矣。靑華旣背負內外仙游。前臨龍游。水石之絶奇。絶勝俗

289

離。蓋山之高大。雖不及俗離。而無俗離之險絶。土峯帶石。明穎少殺氣。端正平善。而秀氣迸露。眞福地也。然則猪音洞。無乃一洞天福地耶。

※ 天地篇□地理類 / 洞府 / 靑鶴洞辨證說

海東形勢險阻。山盤水廻。無非羊腸鳥道。故間多洞天福地。如中原武陵桃源、徽歙樵貴者。【樵貴谷在徽州黟縣北。昔土人入山行七日。至一斜穴豁然。周圍三十里。地甚平沃。中有十餘家云。】不可一二道也。唐杜光庭著《洞天福地記》有三十六洞天、七十二福地。以天下之大。其所謂洞天福地。一何尠也。

杜少陵詩有方丈三韓外之句。說者以爲三神山皆在我東。而方丈以智異山當之。瀛洲以漢拏山當之。蓬萊以金剛山當之。故以智異爲方丈。新羅釋義相《靑丘記》。頭流山一萬文殊住世。其下歲豐民愿。《地誌》。以智異爲太乙所居。群仙所會。【頭流者。白頭山脈南流爲此山。故名頭流。】高麗雙明齋李仁老《破閑集》。智異山或名頭留。始自北朝白頭山而起。花峯蕚谷。綿綿聯聯。至帶方郡。蟠結數千里。環而居者十餘州。歷旬月可窮其際畔。古老相傳云。其間有靑鶴洞。路甚狹纔通人行。俯伏經數里許。乃得虛曠之境。四隅皆良田沃壤。宜播植。惟靑鶴棲息其中。故以爲名焉。蓋古之避世者所居。頹垣壞塹。猶在荊棘之墟。昔僕與堂兄崔相國有拂衣同往之意。乃相約尋此洞。將以竹籠盛牛犢兩三以入。則可以與世俗不相聞矣。遂自華嚴寺至花開。便宿新興寺。所過無非仙境。千巖競秀。萬壑爭流。竹籬茅舍。桃杏掩映。殆非人間世。而所謂靑鶴洞者。卒不得尋焉。因留詩巖石云。頭流山迴暮雲低。萬壑千巖似會稽。策杖欲尋青鶴洞。隔林空聽白猿啼。樓臺縹緲三山遠。苔蘚微茫四字題。試問仙源何處是。落花流水使人迷。令我讀此於屢百載之下。不覺瀄然起感。

大抵青鶴洞。自麗代已有名焉。然終無至焉者。至于我朝。始得開山露見。膾炙一世。無人不知而無人不見者。佔畢齋金公宗直《遊頭流錄》。岳陽縣之北。曰青鶴寺洞。其東。曰雙溪寺洞。《地誌》。頭流洞府。盤互深鉅。土性肉厚膏沃。一山皆宜人居。內多百里長谷。往往有人所不到處。不應官稅。地近南海。氣候溫暖。山中多竹。又多柿栗。自開自落。撒黍粟於高峯之上。無不苗茂。村居與僧居相雜。農功不勞而周足。山之陽有花開洞、岳陽洞。皆人居。而山水甚佳。舊傳有萬壽洞、青鶴洞。萬壽。即今九品臺。青鶴。即今梅溪洞。西有華嚴寺、燕谷寺。南有神凝寺、雙溪寺。【雙溪寺多新羅崔孤雲遺蹟及孤雲影幀。世傳孤雲得道。至今往來於伽倻、智異兩山間云。又傳言青鶴洞中石壁上有石門。以大鐵鎖鎖之。人言其中藏孤雲祕書。人若動其鎖。則一山鳴動。且有雷雨之異。故不敢動。石壁下。萬仞絕壑也。野史多載青鶴洞故事。未暇盡記。以俟後日。】李芝峯睟光《類說》。智異山青鶴洞。舊有青鶴棲止。故名。前朝李仁老至神興寺。尋青鶴洞不得。有詩曰。策杖欲尋青鶴洞。隔林空聽白猿啼。洞之得名蓋久矣。居僧爲余言。平時有俠少投石傷鶴翅。鶴由此不復來。未久有壬辰之亂。蓋見幾而作也。

南趁學修煉登第。當己卯士禍謫谷城。仍留焉。嘗送奴持書

入智異山靑鶴洞。見彩宇精麗。有二人對棋。一人著雲冠紫
衣。玉貌都雅。一人乃老僧。形甚古健。奴留一日。受答書而
還。以二月入山。及出乃九月也。上洛君權淸祥狂爲僧。入此
山。與孤雲隱顯無方。《芝峯類說》。智異山有一老髡。於山石
窟中得異書累帙。其中有崔致遠所書詩一帖十六首。今逸其
半。求禮倅閔君大倫得之以贈余。見其筆蹟。則眞致遠筆。而
詩亦奇古。其爲致遠所作無疑。甚可珍也。詩曰。

東國花開洞。壺中別有天。仙人推玉枕。身世欻千年。
萬壑雷聲起。千峯雨色新。山僧忘歲月。惟記葉間春。
雨餘多竹色。移坐白雲開。寂寂仍忘我。松風枕上來。
春來花滿地。秋去葉飛天。至道離文字。元來在目前。
澗月初生處。松風不動時。子規聲入耳。幽興自應知。
擬說林泉興。何人識此機。無心見月色。默然坐忘歸。
密旨何勞舌。江澄月影通。長風生萬壑。赤葉秋山空。
松上靑蘿結。澗中流白月。石泉吼一聲。萬壑多飛雪。

朴枝華守庵《靑鶴洞詩》。

孤雲唐進士。初不學神仙。蠻觸三韓日。風塵四海天。
英雄那可測。眞訣本無傳。一入名山去。淸風五百年。

【守庵。宣廟朝人。壬辰尸解於溪水。詳見《海東異蹟》及《師友
錄》】麗僧玉龍子道詵。入唐學一行遺法。著《玄妙內外經》二

編。而《序》以爲羅季午年月日。玉龍子《序》。祕藏於智異山靑鶴洞。後五百年。妙嚴尊者無學得之以傳焉。

靑鶴洞不過東方一小洞壑。而有名於天下。如淸聖祖《淵鑑類函》載朝鮮智異山中有靑鶴洞。其境虛曠。四隅皆良田沃壤。宜播植。惟靑鶴棲其中。故以爲名云。蓋我邦以祕境名者甚多。而靑鶴洞獨名於寰宇。是所謂遇與不遇。幸與不幸也。

今則靑鶴不甚爲奇。而復以頭流洞。【俗傳。頭流有南北二處。南頭流在智異山中。北頭流在谷山安峽、平康伊川等界地云。】石井崑水谷大勝。格庵南師古《祕記》。欲免斯塗炭。無如石井崑。俗傳石井崑在智異山。入自花開洞。水谷大勝。沿溪澗而上。初似無徑。但隨溪而入。則終有一洞。卽水谷大勝也。巖刻僧俗名字。卽壬辰避兵人也。其洞近傍。有石井崑。尤深僻可居。

銅店村。南格庵師古十勝吉地第四。雲峯頭流山下有銅店村。百里內可以永居之地。然未知其處。近者雲峯人郭再榮者始尋之。而言距邑二十五里智異般若峯掛峽處。有石壁高數丈。刻銅店二字。字畫漫滅僅辨。卽古鍊銅處。故近旁鑿石採鑛之跡多。銅店村在其中。低平夷坦。而坐其中。則四山不見。而周圍頗廣闊。可居三四十戶耕農之地云。

沮洳原。金佔畢齋《頭流山遊錄》。登中峯。亦土峯也。郡人由嚴川而上者。以北第二峯爲中。自馬川而上者。甑峯爲第一。此爲第二。故亦稱中焉。歷中峯抵沮洳原。原在山之脊。而夷曠可五六里。林藪蕃茂。水泉縈廻。可耕而食云云。

又有牛腹洞。俗云在尙州、淸州、報恩接界。霞斂地在江陵

地。鏡城有南北羅乃洞。茂山有女眞洞。關東淮陽金剛山中有
梨花洞。關西成川有檜山洞。異境。古寧遠有石龍窟。海西谷
山有鳥音洞。關東襄陽有回龍窟。江陵有所隱棲伊山洞。皆深
僻世所不知者云。德原有馬間峙。有北二池云。此皆如古之靑
鶴洞。但聞未見者也。安知非後日如今靑鶴洞者乎。

靑鶴洞又在京師城中南村筆洞最深處。【中出一澗。卽木覓山
麓也。旁有禁衛營火藥庫。】畿甸積城縣紺岳山下縣西五里雪
馬嶺西。有上下短瀑。古松白石。幽邃可愛。

以智異山爲仙人所會之山者。誰見而傳道之。復有可以一證
者。花潭先生之所遇羽衣毛人。非仙而何。竝爲之辨。

車五山天輅《說林》。徐花潭先生敬德在智異山。將窮最上
巓。詰朝卦之。語從者曰。今日當逢異人。遂杖屨而上。至絶
頂。倚松而踞石。有頃有一丈夫立在半空。長揖而言曰。吾知君
之來也。先生曰。吾亦已知君之訪我也。其人曰。鍊氣頤神。上
可以白日升天。中可以揮斥八荒。下可以靜坐千春。公能從我
游乎。先生曰。神仙黃白之術。雖或傳之。儒者所不道。余學孔
子者也。子之九轉妙訣。雖曰可學。余所不願也。其人笑曰。道
不同。不相爲謀。吾亦知子之高也。是日從者皆不見。而先生獨
與酬答。從者皆怪之。已而。一擧手而電滅。先生未嘗語諸
人。及後疾革。吾先君自京師往省于松都。先生乃備言之。且
曰。其人身著羽衣。兩臂毛尺餘。年可三十餘云。五山與其大人
軾。俱執贄於花潭。載於《門弟錄》。其言恐不誣妄也。

近者。復自嶺南流傳。有得眞鶴洞。人多入去。自成村落。而
有圖有記。記出柳西崖成龍之伯兄謙菴【柳雲龍。字應見。蔭通

政牧使。己亥生。號謙菴。退溪弟子。世傳謙菴之才智。出西崖
之右。而不欲出世。深自韜晦不見。以方外自處云。】《日記》
中。余從人借得圖記。付於辨證之末。時今上辛亥。清之咸豐
元年也。

《謙菴日記》中有曰。余素有山水之癖。周覽四方山川。至晉州
西祉里。幾見青鶴洞而未果矣。有一老僧來訪。頗有識見。多語
佳山麗水。語及青鶴洞。余曰。汝能記得否。僧曰。詳知矣。翌
日與僧偕發。十一日至河東花開川上店留宿。明日發行。得一
巖穴留宿。午飯橙村。齎三日粮。草行露宿。第三日到一石
門。僅容一人之行。入石門。詠一句曰。啼鳥驚人巖下樹。桃花
流水谷中天。步步漸進。回抱四十里。大開平原。可作畓千
石。升種石出之地。可居千餘戶。至于當處。壬坐丙向。白雲三
峯爲正案。因詠一句曰。萬樹桃花叢竹裏。三秋楓葉碧澗邊。有
一石井。井面大書曰。高麗落雲居士李青蓮書。居二十年。不
通人世二十年。雷破石門。可容駟馬。居四十年。名公鉅卿賢
士英才輩出。最爲名勝也。地高而霜晚。凶年不入。兵火不
到。李、鄭、柳、張、姜最著。而五姓俱發之地。洞中多有青鶴。故
有是名。而一云鶴坂。或云磧野。又有玉龍子《訣》曰。

東國三洞。傳世之寶。積善幾家。入此移裔。一曰青鶴。運
吉千年。三奇降照。五星聚會。天守文昌。地應黑鼠。周四十
里。石門鎖之。北首東高。壬坐迎瑞。分明三台。廣開平坦。白
雲正案。甲坐次吉。闢之何祀。黃雞鳴天。此天胡天。戴天隖
地。首創卅歲。石門震破。雖曰小邦。勝於中華。傳三十載。駟

馬容之。孔門私淑。闖之誰也。國家師傳。任之幾人。卿相多
出。名賢倍之。最作名勝。別天地耶。

　仙鶴中谷。柳之卜地。

　鶴背吹篴。姜之占地。

　仙鶴下田。鄭之受地。

　鶴下玉女。徐之主地。

　牛臥鶴林。盧之傳地。

　走獐顧母。金之照地。

　黃龍負舟。河之守地。

　鷹下逐雉。張之應地。

　仙人舞袖。李之任地。

　玉燈掛壁。千之必地。

　五仙圍碁。朴之入地。

　晉州、河東之間。金山孔子洞。去知禮邑三十里。去牛頭峴四
十八里。去居昌邑四十八里。去沙斤驛五十里。去咸陽邑二十
里。去鳥頭峴二十里。去馬川倉村二十里。去嚴川江十里。去
白毋村十里。白毋村居池哥許門。靑鶴洞所入路。花開市七十
里入船之地云。

　此記與圖。膾炙於淸風之間。人間里寓友鄭在晃子順。得之
收藏。故今辛亥暮春之二十三日。送長男鏞教於子順家。二十
四日得來。時余寓於忠州德山面森田里。距淸風府人間里子順
寓家二十里。果如圖記而尋見。則可以雪李雙明之遺恨矣。

洞中有石井。則此無乃南格庵《祕記》所云石井崑者乎。圖曰。自巨林村至內石門四十里。而巨林村以圖見之。在圖左。意自巨林村始入。尋內石門。而沿水川至內石門入洞中。水川則以圖看之。在洞中右邊。而流靑川內案第二重向南。又有外石門。石門外有海。海外有三峯。名白雲峯。主山以智異山。而山下連起三層小巒頭。仍入首爲三層臺。臺右有沼一。左有竹林成叢。右有桃樹作林。此是洞圖大槪也。詳見本圖。以《輿地圖》考之。又取佔畢齋《頭流記》見之。白雲山在湖南光陽縣地。光陽與河東隔海浦潺水、豆恥兩津。今靑鶴洞圖與記。出嶺南豐基郡殷豐縣種痘醫南姓士人。南老躬自入見。知其路程。而其言前者靑鶴洞云者。乃靑鶴洞外一塹。而亦有石門深險。故認作靑鶴洞。然眞靑鶴洞。則又在於距洞最深處。入去無路。但有一石窟。險阻極狹。不能容人。故鎖隔不通矣。《憲廟》己酉。疾雷碎破。石窟微裕。其實可通人跡。人始入焉。南之入也。自內石門行十許里。抵三層土墩如臺處。四旁遼曠。然大木參天。而三墩則空焉。三十餘戶居生於內石門相距不遠地。其案則以南海白雲峯爲案。海木遙拱。而其行在於庚戌也。白毋村池哥則庚戌指路人也。金山孔子洞云者。尋此洞者。適自金山而漸次而進。至白毋村。問程於池姓人者也。

予則寓忠州德山面森田里。時辛亥暮春。得圖記於淸風地接忠州界人間里寓鄭雅在晃。許而摸藏。孟夏四月。鄭雅來訪。故問其出處。則如此。故更辨之。丹陽高坪寓居張友松居士鉉琦曰。靑鶴洞。人傳入自晉州地。而甞聞丹陽郡頭頭項村洪生言。則與嶺南一客同宿。話到靑鶴洞之可以避隱。嶺客忽放聲

哭之。同宿者驚。問其由。客嗚咽不已曰。俺純廟壬申西賊前得
此洞。攜妻孥築室居生。一日黃昏時。卒有三人入洞至家。余適
從他歸。則三人者。乃負卜徒也。突入內廚。然煙草吸之。余責
其突入無禮之行。一人直把吾。堅縛於距家稍遠之樹上林。更
入家中。劫吾妻入懷抱寢。兒子驚逃來見。敎潛取廚刀。截縛
脫出。把刀至家。刺殺劫姦男女。更欲殺宿於越房同黨二人。不
忍釋之。潛與兒子脫身出洞。洞路絶崖。僅通一跡。兒子失足墜
死。從此以後。妻亡子斃。無依流移。靑鶴洞乃吾讎地。故雖聞
名。痛入骨髓如是耳。如許深僻之地。每多不測之患。爲世人記
此一條。以爲沒身深戒。十分詳審。愼之又愼。

※ 天地篇□地理類 / 山 / 智異山辨證說

岳陽洞。山水甚佳。高麗時韓惟漢。見李資謙橫甚。知禍將
作。棄官挈家。隱智異山。朝廷物色之。拜官召之。惟漢仍逃隱
不見於世。莫知所終。或以爲仙云。《丹學修藏》。

新羅崔承祐、金可紀、僧慈惠三人入唐。從終南天師申元之
遊。遇仙鍾離將軍。得內丹返還之訣。東還。以口訣授崔孤雲
及李淸。淸入頭流山。修煉仙去。以訣授弟子明法。解化。以訣
傳上洛君權淸。淸佯狂爲僧。修煉得道。隱於頭流山。與孤雲
俱在此山。隱現無方。詳見《傳道錄》中。

【《傳道錄》曰。僧慈惠與崔承祐入唐。受道要於申天師元
之。東歸。以口訣授崔孤雲、李淸。淸入頭流山修煉。得道昇
去。傳其道於僧明法。三十二解去。明法授上洛君權淸。淸佯
狂爲僧。得道隱於頭流山。與孤雲隱現無方。逮元時。有傻賢

自元來東。見上洛於般若峯。得其正法云。】

　南趎學修煉法登第。當己卯士禍。謫谷城仍居焉。嘗裁書送奴入智異山靑鶴洞。見綵閣中有二人對棋。一則孤雲。一則慈惠。奴留一日。受答書而還。始以二月入山。草木未生。及出乃九月初也。詳《海東異蹟》。

　智異山中峯聖母廟。三間版屋。所謂聖母石像。項有缺痕。我太祖捷引月之歲。倭賊入此峯。斫之而去。後人和黏屬之。乃釋迦之母摩耶夫人也。嘗見麗朝李承休《帝王韻紀》。聖母命詵師注云。今智異山天王。乃指麗太祖之妣威肅王后也。麗人習聞仙桃聖母之說。欲神其系。創爲是說。仙桃聖母。三國史。聖母祠在慶州西岳仙桃山。聖母。漢宣帝女。名娑蘇。早得神仙之術。來止海東。久而不返。遂爲神。世傳羅祖赫居世。乃聖母之所誕也。故中國人讚。有仙桃聖母娠賢肇邦之語。李眉叟仁老《集》云。侍中金富軾嘗朝宋。詣佑神館。見一堂設山仙像。館伴王黼曰。此貴國之神。君等知之乎。遂言曰。古有帝室之女。不夫而孕。爲人所疑。乃泛海抵辰韓。生子爲海東始王。後爲天仙帝女爲地仙。長在仙桃山。此其像也。

　智異山隱者方書中。有造蔘法。亦是奇書而祕傳者。石井崑、水谷大勝、銅店村、南頭流洞。竝玆山之洞天福地。天慳地祕處也。詳見《靑鶴洞辨證說》。今不贅。

※ 芝峯類說卷十八 / 外道部 / 仙道

南趎者谷城人。少時學業不習而能之。父勸讀書。則曰兒未
嘗不讀耳。一日雲霧晦塞。俄而霧止。見趎與長者數輩。坐巖
石上講讀。人異之。嘗手書與家僮曰。往智異山靑鶴洞。則當
有兩人對坐。爾須得報以來。僮依言而往。果見畫閣數間。橫
架巖洞。精麗無比。一道人政與老僧對碁。僮以書進。道人笑
曰我己知爾至矣。碁罷付一札。幷靑玉碁子而送之。僮來時是
九月間。落葉飄逕。微雪洒空。及辭還。不覺飢乏。唯見履跡
下。宿草欲抽芽。方訝之。出洞則天氣和暖。草木向榮。乃人間
二月矣。趎登第。官止典籍而卒。卒後失碁子所在。好事者謂
道人卽崔孤雲。老僧卽黔丹禪師。疑趎亦神仙中人云。此事似
誕。而南鄉人多傳說如此。

※ 燕巖集卷之十四□別集 / 熱河日記 / 避暑錄

沈汾續神仙傳云。新羅賓貢進士金可紀爲仙云。而章孝標送
金可紀歸新羅詩曰。登唐科第語唐音。望日初生憶故林。風高
一葉飛魚背。湖淨三山出海心。可紀之歸本國明矣。續仙傳。稱
可紀居終南子午谷。後三年。航海歸本國。復來衣道服。入終
南。務行陰德。唐大中十一年十二月。忽上表言。臣奉玉皇
詔。明年二月二十五日當上昇。宣宗異之。賜宮女四人。香藥
金綵。又遣中使二人伏侍。至其日。果有五雲。鸞鶴笙簫。金石
羽蓋。幡幢滿空。乘鶴而去。朝列士庶觀者。塡溢山谷。莫不瞻
禮嘆異。韓无畏傳道錄云。金可紀與崔承祐。僧惠慈。從申元
之學道。逢鍾離將軍地仙二百等語。似涉傅會。

辛丈敦復氏。嘗爲余言。中廟時南赻。年十九登第。入文衡之薦。而官至典籍。自幼多異蹟。每朝就學於塾師而多不至。家人密踵之則路中逕入樹林中。有一精舍。主人淸雅絶塵。赻趨拜講質。必日昃而歸。家人詰之。輒詭對。後遂爲修鍊之術。及登第。遭己卯士禍。謫谷城縣。仍止家焉。一日。送奴持書入智異山靑鶴洞。有彩宇極精麗。有二人焉。一雲冠紫衣。一老釋。終日對棊。奴留一日受書而還。奴始以仲春入山。草樹方榮。及出山。乃見野中穫稻。怪問之。卽九月初也。及赻卒。年三十。舉柩甚輕。家人啓視之。空棺也。題其內云。滄海難尋舟去跡。靑山不見鶴飛痕。村前耘田者。聞空裏樂聲。仰見。南赻騎馬。冉冉在白雲中矣。忠州進士南大有。其旁孫云。

※ 硏經齋全集外集卷六十一 / 筆記類□蘭室譚叢 / 丹學
東國傳道秘記。未知爲何人所錄。而首稱金可紀入唐。遇正陽眞人。傳得鍊金口訣。東歸之後。遞相傳授。其源派甚明。且其口訣簡易。苟非有見於丹學者。必不能如此。可紀入唐。在崔孤雲之先。見於麗史。又見於唐人贈別詩。今在品彙中。又見於神仙通鑑。

※ 經史篇□論史類 / 人物 / 元曉、義相辨證說
嘗考《海東傳道錄》。則唐文宗開成中。【唐文宗開成元年丙辰。新羅興德王十一年薨。僖康王元年也。】新羅人崔承祐、金可紀、僧慈惠三人。遊學入唐。可紀先中進士。【官華州參軍轉長安尉】承祐又中進士。【官大理評事】相與遊終南。有天師申

301

元之。在廣法寺。慈惠。適寓是寺。與申深相結。知崔、金二人。因惠親申。每從遊。適鍾離將軍來。申托三人傳道。鍾離許之。授道書。【《青華祕文》、《靈寶畢法》、《金誥》、《入頭岳訣》、《內觀玉文寶籙》、《天遁鍊魔法》等書。】且傳口訣。三年丹成。承祐。從李德裕於西京兼鹽鐵判書數年。贊皇謫崖州。承祐致仕歸國。慈惠亦從之。可紀則不還。及返國。慈惠入五坮山。而承祐仕羅朝。官太尉。【九十三卒】慈惠百四十五歲。入寂於太白山云。

※ 人事篇□技藝類 / 醫藥 / 返還辨證說

道家修鍊內丹。有七返九還之說。釋之者以爲七返。以寅至申爲七返。九還。言九遍循環也。按《鍊神還虛》。屬火。七乃火之成數也。以性攝情。情屬金。金九數。故名。又《金丹問答》云。金液者。金水也。金爲水母。母隱子胎。因有還丹之號也。又丹者。丹田也。液者。肺液也。以肺之液還丹田曰金液還丹也。余嘗聞道書數十卷。其說無非如謎如譚。不可名狀矣。及見我東權青霞子【克中】《參同契注釋》、鄭北窓【□】《丹家要訣》。始得煥然如冰釋。更無疑晦。近見一修鍊書。尤得其眞。然但有志無命何。讀於岑寂之際。若丹派中諸先生。耳提面命。至《身中證驗》、《鍊神還虛》、《入室魔境》等篇。不覺觀止之歎矣。爲不見此篇者辨證之。

※ 人事篇□技藝類 / 醫藥 / 人蓡詩文辨證說

人蓡。蓋神草。故《本草》以皺面還丹稱焉。大抵其種有如人形者。名童子蔘。其皮恰似人皮膚。色澤紋理甚類也。故古人特命以人蔘。《乘雅》曰。人參天地。故以名之。蔘。當音滲。【《本草圖經》。人薓一椏至四椏。各五葉。《盛京通志》。人蔘三椏五葉。間成人形。產遼陽深山中。為醫經上品。吉林寧古塔等地所產。其品稍遜。至所稱上黨蔘。直同凡卉矣。方中履曰。出蔘之土木。在古北口外。非向宣府之土木也。方以智曰。蔘之如人形者力大。白者切之。須有金井玉欄。土木蔘明潤不白。蓋上黨紫團之類乎。《和漢三才圖會》。蝦手人蔘。蓋韃靼土地。水不清毒多。故其富豪者。常沈人蔘於井中。用其水。更采出人蔘販之。故帶飴色。而尾端曲似蝦形。所謂湯人蔘之類。按此是我東紅蔘。而卽烘蔘者。誤認作韃靼物也。蔘以家種者稱家蔘。嘗以為自我創始。閱《和漢圖會》。則中原山西之潞安、北京之永平、雲南之姚安。並下種植而成。日本得唐人蔘種。多植於圃。攝州平野庄多出。又有得眞朝鮮參種植者。未足賣買云。我東家參。創自正廟初年。至純廟中葉始盛。遍于一域。今則其賤如桔梗矣。山參亦無處不產。而關西之江界府廢四郡為天下第一。品如《本草》所稱新羅、百濟參者。卽南中山蔘也。方愚者云。近以泡蔘膠接小蔘。殊自難辨。市上節蔘。似小菖蒲而曲。乃蔘蘆也。物理書。蔘生山上者。上有紫氣。遼東之澗通蔘。其人多髮。此略記古今言人蔘之大概也。】李言聞。卽東璧時珍大人。而著《薓譜》。我東亡名氏《種蔘譜》、闕名氏《芳山瑣錄》。亦編《種蔘方》。並未該備。

不佞嘗有《家薓牒》。略收古今傳述。臚列栽種之法。而以人蔘入於詩文者。古亦甚罕。今又絕無。故力搜僅得。然後搦管編次。然便同吉光片羽。若編於葭之爲譜者。則可以生顔色。可以免無味。《高麗采蔘讚》云。三椏五葉。背陽向陰。欲來求我。椵樹相尋。【椵。一作檟。椵。音賈。葉似桐。許浚《東醫寶鑑・湯液篇》以爲。此草多生深山中。背陰近檟漆樹下濕潤處。采者以此爲準。】唐段成式《求人蔘詩》。少賦令才猶强作。衆醫多失不能呼。九莖仙草眞難得。五葉靈根許惠無。王漁洋士禎曰。康熙戊午。予直內庭。曾應制賦《御苑人葭詩》。【詩。俟考當塡。】唐人詩詠人葭者絕少。惟韓翃云。上黨人葭五葉齊。溫岐云。松刺流空石差齒。煙香風軟人葭藥。朱竹垞彝尊《高麗葭歌》。晉上黨。趙邯鄲。遠而新羅百濟根結蟠。我昔於《高麗圖經》曾覽觀。胥餘啓宇後。朝鮮世世稱外藩。森羅三千七百島。四至八到提封寬。域中生葭類羊角。其上椵樹淸陰攢。春州產尤嘉。堅白少垢瘢。聞諸遼陽土木捫地先以熱湯野鑪煮。何異都蔗去汁方登盤。此邦之人日炙風戾乾。元氣不損形神完。珍藥豈易得。恒愁致者難。【按春州。似指今關東春川府而言也。近者松都人朴來雲者。始種家蔘於春川野田。極繁。身致百萬。其後多有種者。至今猶盛。而竹垞諸春州產尤佳者。自古以春川葭爲佳。而中絕無聞。其或指山蔘而言也。】此人葭詩也。

新羅崔孤雲《桂苑筆耕》。上淮南都統高駢生日獻物狀云。以海東藥物。輕黷尊嚴。探以日域。來涉天池。雖三椏五葉之名。慭無異質。而過萬水千山之險。貴有餘香。【按人蔘。果有香歟。《談苑》。(孔平仲撰)邵化及爲高麗國王治藥云。人葭極堅。用斧斷之。香馥一殿云。邵說甚誕。我王考《盎葉記》引此評曰。語涉浮夸。人蔘雖堅。豈可用斧以斷。人蔘不香。安有滿殿之馥。尹碩齋行恁《蘭室暇筆》。亦備論之。文人摛辭習氣。自來如是也。何足爲疵。大抵失實也。】前件人蔘竝琴等。形桌天成。韻含風雅。具體而既非假貌。全材而免有虛聲。況皆探近仙峯。攜來遠地。其物狀云。海東人形蔘一軀。銀裝龕子盛。海東實心琴一張。紫綾帒盛。蓬萊山圖一面。人蔘三斤。天麻一斤。【《和漢三才圖會》。白頭山自生人蔘。似人形者。百斤中或一二本。此雖有神而不甚佳云。人形葠。我東自古爲土産。故孤雲亦有所得而餽高駢爲人事也。按類書。上黨山中。每夜有人聲。有老翁聽而爲異。漸入尋聲所出。出自地中。標而掘之。有一大葠如人形焉。乃盡啖之。歸家則身輕體健。氣力百倍於平昔。韶顏黑髮奄少年。後得仙去。不知所終云。人形蔘之力。令人不老云。】此人蔘之也。案頭無書。其所證辨者。若是齒齦。徒令人一粲而已也。

※〈乘門衍會〉,「辭」."大明萬曆十五年洪桂孟夏上旬, 欽天監侍御太史星官, 呂鳴遠謹識."

〈乘門衍會〉,「記文昌公事蹟」."蓋孤雲氏 在唐之日, 遇崔山陰道士, 求見尸解之文. 道士惟示其文於夜, 不示假令于書. 且孤雲氏忙於東歸, 忘却而還.","見時事之黷覆, 奸黨之多讒. 讒者嫉賢猜才假飾傳記以爲崔生乃金猪之子也, 謗遍四方. 先生如是見毀, 知世將亂, 遂決入山避禍之計. 適聞伽倻山海印寺浮屠玄俊者, 素是先生之母弟, 最得尸解之妙云. 故卽拂袖於世,往訪於彼則, 玄俊倚軒仰笑曰, 遲哉來乎, 遲哉來乎. 雌鶴何肯久配於雄鷄之叢耶. 辱哉辱哉. 先生善其所言, 因居山栖而學道, 以慣尸解之妙, 臥笑奇門八陣六韜之術焉."

〈乘門衍會〉,「尸解秘文」, '崔學士新改假令步引局之圖', '表裡和合'. "蓋崔學士入唐臨歸, 能得斯術, 忘其假令, 追學其宣處於玄俊. 然後所以能達於自捨自遊之妙, 實仍歸於長生門者是也.", '步捨引遊', "步而能尸, 引而能解之, 是乃玄俊所示步引之法也.", "然其能爲尸而爲解也, 何以宣處, 而軀自捨焉, 魂自遊焉也.", '經驗奇語'. "是時玄俊旣化歸, 而孤雲亦欲隨而蟬之, 姑未升矣. 義均乃曰, 伏願先生當留一箇仙迹, 以爲人間追感之物. 孤雲怜其意而善其言, 言之曰, 吾所新改步引之法行形如琴絃, 吾製十二絃琴以傳之, 流作人世萬年之樂人. 遂與義均, 深入海印寺之後谷伽倻山中, 作十二絃琴而傳之. 至今箕邦之俗所彈伽倻琴之稱者此也. 俗名伽倻曲, 又名伽倻鼓." 안동준, 최치원의 가야보인법과 현묘지도, 도교문화연구 제37집, 2012. 47~73쪽, 한국도교문화학회.

지리산문학관 문창궁

—

초판 1쇄 2022년 3월 2일
지은이 김윤숭
펴낸이 김영재
펴낸곳 책만드는집

—

주소 서울 마포구 양화로3길 99, 4층 (04022)
전화 3142-1585·6
팩스 336-8908
전자우편 chaekjip@naver.com
출판등록 1994년 1월 13일 제10-927호
ⓒ 김윤숭, 2022

—

—

ISBN 978-89-7944-598-5 (03810)